「請問，你想不想當勇者？」

以莫名其妙的字句所組成的話語，宛如回音般響了起來。

少年維持了三秒鐘左右的愕然，接著轉頭左右張望。

除了自己以外，四周空無一人。

周圍的景色猶如未上色的畫布，舉目望去一片空白，無邊無際的巨大空間宛如白色的宇宙。那壓倒性的巨大量感，彷彿可以吞噬一切。

少年獨自飄浮在這片虛空之中，就像是白紙上的塵埃。

「原來是作夢啊。」

少年用右拳拍了一下左掌，做出常識性的判斷。

雖說是夢境，但這片白色宇宙所具備的壓迫力卻異常真實，讓人有種喘不過氣來的感覺。老實說，這個夢境實在讓人不怎麼愉快。

「請問，你想不想當勇者？」

奇怪的聲音又響了起來。那是有如孩童般清亮明快、讓人分不清是男是女的聲音。

「啊——吵死了！我可是一直工作到半夜兩點才睡，這種無法恢復疲勞的夢我不需要啦！」

少年厭煩地甩了甩手。

雖然以他的年紀來說實在不可能，不過他真的是一直打工到半夜兩點才回到家，而且一倒在床上就睡著了。

如果可以的話，他希望能作些比較舒緩身心的夢，舉例來說，像是陽光沙灘比基尼之類的。這片白色宇宙別說是放鬆了，只會讓人變得更加疲憊而已。

「哦哦，這個世界好像也滿辛苦的嘛。你這麼年輕，就要工作到這麼晚啊？了不起、了不起，真是令人感動。」

那道聲音聽起來像是很佩服似的。

「……我才不想被自己的夢誇獎。」

「唔，你好像誤解了什麼。」

那道聲音開始糾正少年。

「這不是夢，雖然很像，但其實並不是那麼一回事。我是藉由精神聯繫的法術，讓自己的意識跨越次元之間的隔閡，與你的意識同步連結……這麼說你懂嗎？」

「是是，一切都是雷姆睡眠的產物。」

少年想起了以前曾在課堂上聽過的知識——當人類在睡覺的時候會反覆出現兩種睡

眠狀態，也就是雷姆睡眠與非雷姆睡眠，當前者出現時，人類就會開始作夢。

「辛苦了，那麼現在就進入非雷姆睡眠，讓我連腦子也一起休息吧。希望下次進入雷姆睡眠的時候，能夠給我正常一點的夢。」

「雖然我不知道什麼是雷姆睡眠，不過這可不是夢啊，少年。」

「這個夢還真久耶……」

少年呢喃的抱怨著。

「少年，我再重申一次，這不是夢。你怎麼這麼頑固啊？」

「頑固的是你吧？既然是夢，就應該爽快地自己承認，然後滾到一邊涼快才對。」

「就說了這不是夢嘛！」

「明明是夢還死不承認，這也太難看了吧！」

少年與那道聲音進行了無益的爭執，兩方不斷堅持自己的意見才是正確的，使話題被導入了無限迴圈之中。

「……算了，這樣子只是一直在同一個話題上打轉。吶吶，總之，我就先把事情的始末簡短地告訴你吧。」

那道聲音聽起來有些無力。

「……隨便你了啦，說完快滾吧。」

少年的回答比那道聲音顯得更加無力。

「簡單的說，我並不是你們這個世界的人。我的世界，如果以你們的發音來講，可以稱之為『傑洛』。至於我呢，則是傑洛的大法師。」

「哦。」

「事實上，我目前正處於被囚禁的狀態。因為一時疏忽，我不小心被敵人逮住了。我被關在很棘手的地方，而且我大部分的力量都被封印住，無法獨力脫困。所以說，現在只能藉由外界的援助，我才有逃離的機會。」

「哦。」

「我現在所使用的法術，叫做『異界召喚』。它的作用就像我剛才所說的，是讓兩個不同世界的生物進行跨次元的精神同調連結。只要召喚者與被召喚者雙方同意，然後締結契約，就能夠進行暫時性的次元移動。我就是打算用這種方式尋求外援，這樣說你懂了嗎？」

「原來我的想像力只有這種程度而已啊……」

少年用手指抵住自己的額頭，為自己的精神之荒蕪感到悲哀。

異世界、大法師、召喚——竟然用這種老套的劇情當作夢境的素材，看來自己最近的生活的確過得很無趣。少年不禁如此嘆息。

「喂？你聽得懂嗎？要不要我再說明一次給你聽？」

「啊啊，不用了，說完了嗎？」

「幹嘛這麼急？接下來我要講的是，我為什麼要找你。」

「服務真周到啊，簡直跟遊戲說明書沒兩樣。」

「誠實乃溝通的原則，一開始就把話講清楚，才能避免不必要的誤會與麻煩。如果在締結契約的前一刻才反悔，我可是會很困擾的。」

竟然還會說教啊？這個夢還真是討人厭。少年忍不住想要開口抱怨。

「好了，怎麼樣都可以啦！看是神的指示啦、宿命啦、救世主啦之類的，隨便哪種理由都好，我洗耳恭聽。」

在這個時代，不論是成年人或小孩子都能夠輕易取得關於動漫畫與電玩遊戲的知識。少年以前也曾經沉迷過一陣子，就算是工作忙碌的現在，也還是會多少抽空看一些熱門的連載漫畫，這算是除了睡覺以外，最廉價、最不浪費體力、最不用動腦的休閒方式了。

此外，少年身邊也不乏對這類東西相當沉迷的朋友，因此無須刻意收集就能得到大量的相關資訊。而根據那位友人的研究，主角展開冒險的理由，有百分之五十以上是因為「被命運選中」的關係。

「因為你很弱。」

聲音毫不遲疑地說道，給出了簡直跟開玩笑沒兩樣的答案。

「……這個理由真有創意。」

少年點了點頭，慶幸自己的想像力看起來至少還不算完全沒救。

「其實我也找過其他異界的生物，不過牠們都是一些凶悍的傢伙。現在的我無法隨意使用力量，要是把牠們召喚出來之後，反而被牠們吃掉，那就沒意義了。哎，當然啦，其他世界裡也是有很弱的傢伙，可是牠們的智能很低，根本溝通不起來。」

「……也就是說，我是因為剛好可以溝通，而且力量夠弱，所以才會被你找上的？」

「沒錯！你理解得很快嘛，很好！啊，不要煩惱，雖然你很弱，可是要幫我脫困還是很夠的……應該是啦！」

少年皺起眉頭，在自己的夢裡面被自己的夢當成笨蛋，實在讓人愉快不起來。

「吶，總之就是這樣子。事成之後，我也會奉上讓你滿意的報酬。那麼，我就再問你一次了。」

那道聲音先是停頓了一下，似乎是想要營造戲劇性的效果。

「請問——你想不想當勇者？」

「不要。」

極為乾脆的，少年拒絕了。

※◆※◆※◆※

鬧鐘響了起來。

少年睜開了眼睛，用迷濛的眼神看了一眼鬧鐘，上面的時針與分針指向了七點半的角度。

「唔唔……」

少年在床上掙扎了一下。理智告訴他現在應該起床上學，但是身體卻抱持相反的立場。理性與惰性交戰了將近五分鐘之久的時間，最後是由理性獲得了勝利。

少年從床上跳起來，著手準備上學事宜。他簡單的梳洗完畢，然後從衣櫃裡取出夏季制服穿上。

制服上繡有少年的名字——莫浩然。

這個名字聽起來頗有古意，不像是現代社會的父母親會為孩子取的名字。從小學時代開始，每個老師在課堂上點人回答問題時都特別喜歡找他，給少年帶來不少困擾。

經過母親的寢室時，發現裡面空無一人，看來已經去工作了。狹小的客廳餐桌上放著一張百元紙鈔，那是一整天的生活費。莫浩然拿起鈔票，然後走進母親寢室，找出藏在衣櫃深處的錢包。他把鈔票塞入薄薄的錢包裡。

「我走了。」

經過神壇的時候，莫浩然對擺在上面的父親遺照簡短地打了聲招呼，接著鎖上大門，走出公寓。

通往學校的路上看不見多少學生。因為期末考的關係，大部分的學生早就到校好把握緊最後一點時間複習，到了這個時間點還在路上慢慢走的，只有「特殊」與「意外」兩種情況。

身為不良少年，莫浩然自然被歸類在「特殊」的類型裡面。

「嘿，早啊！」

後方傳來了輕浮的招呼聲。

莫浩然回頭，看見了與他一樣屬於特殊類型的同校同學吳守正。

吳守正留著一頭染淡的頭髮、雙耳各穿三個洞、渾身上下掛著一堆金屬吊飾，一件好好的制服硬是被他穿出了街頭風格，看起來彷彿將「不良少年」這個名詞當成標籤貼在身上一樣。

「守正」這個名字暗喻著「堅持正道」，但吳守正顯然是辜負了這個名字，雖然不知道將來會變得如何，但至少在這個時間點上，他離世人對普通學生所抱持的期待相距甚遠。

唯一值得慶幸的是，這名少年截至目前為止所幹過的偏差行為僅止於打架、抽菸與逃學三種基本款。更高級的偏差行為吳守正沒興趣去幹，因為他將大部分的時間都浪費在二次元世界的娛樂之上。

「這麼早就看到你，真難得啊。」

莫浩然同樣用不客氣的口吻與對方打招呼。

會與吳守正認識，並且用這種方式說話，證明莫浩然本身也不是什麼正常學生。

莫浩然與吳守正是在國中認識的，基於共同的興趣，兩人很快就成為好朋友。他們打遍附近所有國中，在不良少年之間小有名氣，有一次對方找來幫派分子尋仇，結果反而被他們撂倒，自那之後，再也沒人敢來找碴。

「廢話，今天是期末考。」

吳守正一臉不爽的表情。

「反正都是不及格，沒差吧。」

「少在那邊烏鴉嘴！不是不及格，是不一定會及格。」運氣加作弊，至少考試還有及格的可能性，但是如果因為遲到而缺考，那就是零分的命。

「唉，如果我們同一班就好了，到時可以傳紙條給我。這就叫命運嗎？命運為什麼要我受到考試的荼毒，沒辦法自由自在的活下去啊！可惡！我命由我不由天啊！」

吳守正對著天空伸出右拳，擺出疑似是某本漫畫知名角色的架式。不知為什麼，這個人很喜歡做出誇張的反應，就連在打架的時候也總是喊一些不知所謂的廢話，例如「歐拉歐拉」之類的。

「我想直到畢業前，你會一直被荼毒下去。」

「啊，好煩、好煩、煩死人了！他媽的，頭腦好的傢伙真讓人羨慕！你這傢伙，稍微更像個壞孩子一點會死啊！偶爾也考一次不及格，然後跟我一起手牽手上補修班不是很好嗎？」

「不要。」

莫浩然很乾脆的拒絕了。

雖然經常曠課打架，但莫浩然的成績卻出人意外的好，基本上每次考試都保持在全班中上游的水準，讓學校的老師與同學們跌破眼鏡。原本大家都以為莫浩然是靠作弊手段才取得好成績，但經過了一個學期的大小考試，莫浩然的學力被證明是貨真價實的。

所謂的不良學生，基本上對讀書沒什麼興趣。能夠耐著性子上課聽講學習知識，卻不肯老老實實遵守校規，莫浩然在其他人眼中簡直就是奇葩中的奇葩。老師們個個痛心疾首，感嘆一個優秀人才竟然就此迷失在叛逆期的大海裡，每次見面都苦勸莫浩然回頭是岸，別耽誤了自己的大好前程。

「啊啊——好煩！算了！隨便寫一寫，然後回家打電動！前天剛買的遊戲正打到最精采的部分，明天就可以幹倒最後魔王啦！萬歲！勝利！考試什麼的統統去死！」吳守正自暴自暴的仰頭大喊。

前天才買的電玩遊戲，明天就能破關，這個進度也夠驚人了。仔細一看，可以發現他臉上有黑眼圈，恐怕是熬夜守在電視機前面奮戰了吧。這份熱情要是用在讀書上，考試什麼的根本不足為懼。

莫浩然以前也是遊戲迷，過去他的房間裡擺滿了漫畫與小說，整天只顧著玩，成績自然差得離譜。直到家道中落，沒有多餘的金錢可以支撐興趣，他才有時間把心思用在讀書上。

每次見到吳守正，就像見到過去的自己一樣，總會令莫浩然心生感慨。

（電玩嗎……）

莫浩然突然想到了昨晚的怪夢。要是被吳守正知道夢境的內容，想必他會一邊爆笑、一邊拍著自己的肩膀，說出「好好努力」之類的臺詞吧。

（會做那種怪夢，我跟這傢伙的水準其實也差不了多少吧……）

不過之前都沒有作過類似的夢，難道是因為這陣子工作壓力太大的關係嗎？莫浩然心想。

「你怎麼還在逃避現實啊？就跟你說那不是夢了。」

突然間，他聽到了清亮的聲音。

莫浩然瞪大雙眼，訝異地望向身旁的吳守正。只見對方仍然在高談遊戲的內容，剛剛那句話，並不是從他口中說出來的。

「怎麼了？」發現到同伴的異狀，吳守正問道。

「……沒事。」

莫浩然拍了拍耳朵。

「應該是打工太累了，所以身體有點……」

莫浩然決定將剛才的聲音當作精神不濟所導致的幻聽。

「嗯哼，少年人，別太操勞了啊。不要打工打到奇怪的地方去了哦。」吳守正摸著下巴，用曖昧的語氣說出意味不明的話語。

「不對。這不是幻覺，也不是夢境，而是現實喲。」

莫浩然驟然停下腳步。他感覺自己的血液似乎正從臉上迅速退去，明明是大熱天，但是背脊卻感到一陣寒意。

「喂？你沒問題吧？臉色很蒼白哦！」吳守正終於收起了輕浮的態度，一臉關切的問道。

「……沒事。去學校躺一下就好。」莫浩然的語氣有些僵硬。

「別勉強啊，學校那種地方去不去都無所謂，考試那種東西考不考都沒關係。要是生病，今天就回家好好睡一覺吧。」吳守正說出了很像是不良少年才會說的臺詞。

「……真的沒關係，我們走吧。」

莫浩然搖手拒絕了，然後繼續邁步前往學校。

這是第一次，他強烈希望能夠走到有許多人聚集的地方，藉著人群的存在來確定自己的腦袋是否正常。

※◆※◆※◆※

如果有一天，在自己身上發生了超出現代物理法則所能解釋的非常識性事件，應該要採取什麼樣的態度來應對才好呢？

二話不說就接受當然是最容易的方式。不論是好事或壞事、喜歡的事或討厭的事、正確的事或錯誤的事，只要什麼也不想的統統接受，那麼人生或許可以過得很輕鬆。

不斷地質疑並反抗則是最辛苦的方式。為了對抗已發生的現實，如果不用盡全力是無法加以推翻的，要違逆已經存在的事物，勢必得付出代價。

人類是無法對每件事都單純地選擇接受或拒絕的，在接受與拒絕的夾縫間努力，那才是人類的文明得以建立起來的理由。因為拒絕過去的耕種方式，所以開創了新的耕種法；因為接受了四則運算的數學法則，所以進一步建立了更多的數學理論。

單純的接受或拒絕，並不存在。

同理可證，莫浩然也正陷入了接受與拒絕的二律悖反狀態。

「有什麼好苦惱的？逃避現實是不好的哦。」

那個導致二律悖反的禍首如此說道。

雖然想把這個聲音當成幻覺，可是如此一來就表示自己腦子出問題了；不過，要是承認這個聲音確實存在，那就表示有問題的是這個世界的常識。不論結果是哪一種，都不會讓人感到很愉快。

面對這種矛盾的情形，莫浩然只好選擇了另一條路——聽而不聞。

原本是希望那個聲音過一段時間後就會自動消失的，沒想到對方就跟纏人的惡質推銷員一樣，一直死賴著不走。莫浩然能夠看見的東西，那個聲音似乎也能看見，所以老是可以聽見他對於這個世界的評論。

「學校嗎？我們也有同樣的東西哦。可是為什麼你們要穿一樣的衣服？」

「哦哦，你們這裡的交通工具外形很有趣嘛！動力源是什麼？」

「這是試卷嗎？唔，完全沒見過的知識體系呢。直流電是什麼意思？」

……諸如此類的聲音三不五時就會響起來，不管對方說什麼，莫浩然都努力當作沒聽見。

他一邊忽略那道只有自己能聽見的聲音，一邊解答考卷上的題目。由於幻聽的影響，精神總是難以集中，解題的速度比平常慢了不少，正確度也無法保證，唯一可以確定的是，這次的考試成績鐵定不怎麼理想。

好不容易忍到最後一堂數學考試，在聲音的干擾下，莫浩然實在無法專心面對那些數字與公式，索性提早交卷，然後匆匆離開教室。

「看來你不是個用功的學生嘛？」

那個聲音很沒良心的再度響起。

「吵死了！」

莫浩然終於忍不住了，咬牙擠出了今天以來的第一個回答。

「吶，不用惱羞成怒。以前我也是能偷懶就偷懶的，就是這份堅持偷懶的意志，讓我成為一個了不起的大法師。放心吧，一時的失敗不代表一輩子的失敗，重點在於永不放棄！」

「你的永不放棄用錯地方了！給我認真生活啊混蛋！」

莫浩然忍不住的吐槽下去。雖然不知道什麼是大法師，但聽起來就很了不起的樣子，堅持偷懶就能變成這麼了不起的人，那個世界的價值觀也未免太混亂了。

「我一直很認真的在維持世界和平啊，所以才會被壞蛋封印嘛。吶吶，有沒有興趣幫忙拯救世界？很簡單的，只要簽個約當勇者，幫我解除封印就好了。」

「簽約當勇者是什麼鬼啊！我從來沒聽過當勇者還要簽約的！你是哪來的獵人頭公司啊！」

「獵人頭？不，我對你的人頭沒興趣。總之你就試試看嘛，不僅可以得到豐厚的報酬，還可以治好你的中二病，這不是一舉兩得的好事嗎？」

「誰中二了！是說你怎麼知道中二病是什麼？」

「早上那一位說的。聽起來像是一種信奉無償奉獻的崇高絕症？」

「的確是絕症，但絕對不崇高。」

根據吳守正的說法，人人心中都潛藏著熊熊不滅的中二魂，雖然會隨著年紀的增長而縮小，但絕對不會熄滅，要說是絕症也真是絕症。

「反正我很忙，你去找別人吧。」

「要是可以我早就幹了，要找到適合的對象可不容易。在『異界召喚』搜索到的對象裡面，你算是最符合資格的。」

「地球有七十億人，只要認真找絕對找得到。」

這種「只有你辦得到」、「非你不可」、「其他人都不行」的說詞，是惡質上司專門用來壓榨下屬的美麗謊言，簡單來說就是先把你捧得高高的，然後再用力扔進坑裡，讓你爬也爬不出來，擁有豐富打工經驗的莫浩然才不會上這種當。

「七十億人？你們這個世界有這麼多人？」

那道聲音聽起來似乎嚇了一大跳。

「是啊，所以加油吧。我相信你絕對可以找到一個有閒又中二的傢伙去幫忙的。就這樣，別再打擾我了，再見……不，是永遠別見了。」

那道聲音沉默了。

離開了嗎？莫浩然猜想，同時鬆了一口氣。

莫浩然搭乘公車來到了市中心，然後走進了某棟大樓的後門。這裡就是他的打工地點Caesar，中文名為凱薩夜總會，是這一帶相當受歡迎的娛樂場所。由於有人斡旋的關係，身為未成年人的莫浩然才得以在這裡打工，主要任務是後場打雜，時薪兩百元，工作時間基本上從下午六點到半夜十二點。昨天因為臨時有人請假，莫浩然不得不留下來加班。

之所以會選擇在這種地方打工，主要是因為時薪高。莫浩然不是那種只要隨便翻翻書就可以考出一百分的天才，他也需要花時間讀書，保留充足的睡眠時間以維持體力，因此比起加油站或便利商店，Caesar 無疑是較好的選擇。

「你來啦。」

叼著香菸，染著一頭金髮的二十來歲男子一見到莫浩然，便打開後門讓他進去。

莫浩然的職位是雜工，這個頭銜所代表的意義，便是每一件別人認為麻煩的事情都會讓他去做。清掃環境、整理東西、搬卸貨物，這些就是他每一天的工作內容。

「哦，小浩今天來得真早。」

「小浩很努力嘛，加油。」

「好好幹啊，小浩。」

歲數比莫浩然大上四、五歲的男子們坐在一旁抽菸，在打牌聊天之際不忘為他加油打氣——雖然那些本來是他們分內的工作。

抗議是沒有用的，這就是所謂的職場倫理，尤其是在這種地方。眼前這些男子雖然乍看之下跟街頭混混沒兩樣，可是他們的段數比街頭混混高上太多。像夜店這一類的娛樂場所，基本上都會跟黑道扯上關係，絕大多數都是繳交保護費請黑道看場子，但 Caesar 不一樣，因為它本身就是黑道開的。這裡的後場人員至少有一半是流氓，在「沒有出動」的日子裡，他們被叫來這裡幫忙工作，一旦手機響起，這些人就會拿起刀子走出去。

如果單論打架，莫浩然覺得自己不會輸給他們，不過這個世界沒這麼簡單。如果衝動地跟對方幹上一場，換來的不僅是死纏不休的報復，還有昂貴到連銀行也會大吃一驚的高額慰問金。

「喂喂，每次都是我犧牲自己讓你們有打牌賺錢的機會，最贏的那個記得要請客啊！」莫浩然拄著手中的拖把，對著那群正在偷懶的人如此抱怨著。

「那有什麼問題，下班我請你啤酒，半打夠嗎？」

其中一名男子頭也不抬地說道，看來他就是最大的贏家。

「請那種東西，乾脆折現給我比較快。」

「那請你吃火鍋，到時記得拿收據給我。」

其餘三人聞言笑了出來。

對於不是「自己人」的莫浩然，他們的態度已經算是不錯了，一半是因為莫浩然經常接下本該屬於他們的雜務工作，另一半則是因為他們的老大。

這間夜總會的負責人是一名綽號「眼鏡蛇」的男人，店裡的人都直接叫他蛇哥。蛇哥的個性凶狠毒辣，對付敵人一向不擇手段，不徹底擊垮對手絕不罷休。

莫浩然之所以能在 Caesar 打工，就是因為蛇哥的關係。

蛇哥與莫浩然的父親從小就認識，據說蛇哥在窮困潦倒的時候，莫浩然的父親曾借他一筆錢度過難關。當蛇哥爬上現在的位子之後，反而換成莫浩然家道中落，於是蛇哥便介紹莫浩然來 Caesar 打工。由於是蛇哥親口吩咐要錄用的對象，所以夜總會裡面也沒什麼人會特別找莫浩然麻煩。

開店前的例行清掃結束了，莫浩然搬貨到後面的廚房，經過經理室時，發現有一個男子正坐在裡面。

那是一個戴著墨鏡的壯漢，穿著沒有打領帶的凌亂西裝。

這名男子正是眼鏡蛇。

平常的他難得出現在 Caesar 裡面，除非心情大好或大壞，否則是不會出現的。從他臉上的表情來看，今天應該是後者。

「哦，小浩嗎？」

壯漢看見了莫浩然，便招手要他進去，然後指了指電視。螢幕上面播的是新聞節目，大大的標題寫著「銀行遭搶！十二小時落網！」。

「看到了嗎？蠢材做蠢事的下場。」

蛇哥雙腳蹺在桌上，仔細一看，他的椅子底下擺了一瓶空的威士忌酒瓶。這個壯漢平時冷酷凶狠，不常對人講話，但喝醉之後卻會變成另一種性格，特別喜歡向人說教，然後在醒來之後把自己說過的話全部忘掉。

「隨便搞到了兩把槍就想去搶錢？錢真那麼好弄的話，我們就不需要出來混了！外行人是玩不過條子的，連這種事都想不到，真的是蠢到極點。」

蛇哥呼了一口氣，果然充滿酒味。

「吶，聽好了，我是看在你爸的面子上，才讓你在這裡工作的。小時候你爸很照顧我，所以想說讓你在這裡多少賺一點零用錢。這就叫報恩，你懂不懂？報恩啦！」

莫浩然點了點頭，從那種語氣和腔調來看，他確定壯漢已經醉了。

「但是呢，最多也只有這樣。讓你在這裡賺我的錢，已經很對得起你老爸了。要是敢用我的名字在外面招搖撞騙的話，我會把你的手指頭一根一根折斷，然後拖去埋掉。」

這種話莫浩然絕對相信，他在這裡工作一年多了，親眼見識過這名壯漢的手段。蛇哥只有在酒醉的時候才會比較親切，在清醒的時候，就算用冷血來形容他這個人也不為過。

就算是在蛇哥的介紹下才在Caesar打工，但是蛇哥從來沒有特別照顧或包庇莫浩然，純粹只是將他當成一般的打雜小弟而已。

證據就是，莫浩然已經在這裡工作一年了，蛇哥跟他說話的次數卻用一隻手就數得出來。

「知道了嗎？知道就好……那個、咦……我原本叫你進來是想說什麼？」

有時候會莫名其妙的脫線起來，這也是這名壯漢的風格。

「啊，想起來了！我告訴你，就算沒錢，也千萬不要學那些笨蛋去搶劫。不要小看條子，沒有靠山的話，或是靠山不夠硬的話，一下子就會被逮住，然後關進去吃牢飯。還有，要是你做了蠢事，別以為我會罩你，老子才不想沒事惹麻煩。嗯——就這樣，沒有了。」

自顧自的說完一堆醉話之後，蛇哥便揮手要莫浩然離開。

「唔，看來你的人生還真是波瀾萬丈嘛。」

那個聲音突然響了起來，莫浩然嚇了一跳。

「幹嘛？有事嗎？」

蛇哥斜眼看了莫浩然一眼。

「沒有，那我先出去了。」

莫浩然連忙退出經理室，然後走到一個無人的角落，對著牆角低聲怒吼。

「臥槽！你怎麼還沒走！」

「啊，不好意思。我重新找了一遍，果然還是不行啊，只有你才能跟我達成精神聯繫。哎呀，這就叫天緣注定吧？」

「誰跟你天緣注定啊！是說你竟然還會講成語！」

「那是你的腦袋自動翻譯的。我跟你的交談是用精神波的方式，你的腦袋接收了我送出來的訊息，然後自行從記憶中選擇適當的字句進行轉譯。原理其實很簡單。」

「……不，一點都不簡單。」

那種亂七八糟的原理，恐怕只有魔法才真的能夠把它付諸實行吧？莫浩然如此想著。就在這時，他突然發現了一件事。

「等等，這麼說起來，那個『勇者』的稱呼……」

「嗯，也是你的腦袋自己選擇的哦。感知到精神波的意念，在眾多相似卻有微妙差異的同義詞之中，選出一個你本身認為最適當的稱謂，所以絕不會有溝通不良或誤解的問題，這就是這個法術了不起的地方。」

聲音像是很得意似的說著。

莫浩然以手扶額，為了自身的想像力之貧瘠而感到羞愧。英雄、救世主、勇士、解放者……在一大堆可以用的名詞之中，他的腦袋好死不死竟然會選中「勇者」這個字眼，實在是太丟臉了

不過在羞恥心作祟之前，有些事應該先解決。

誰來告訴他，究竟該怎麼趕走這道聲音啊！

「那麼，你想不想當勇者？」

回家的路上，那道聲音再度詢問。

莫浩然一臉無力地走在深夜的街道上。夏季的星空充滿詩意，但是他為什麼非得要

跟這個超乎常識的聲音交談不可？想到這裡，莫浩然不禁嘆息起來。

「你找別人吧，我沒興趣。」

「沒辦法，你是最適合的人。我先前不是說過，我已經重新搜索一遍了？只有你符合資格。」

「聽你放屁！一定是你沒認真找！全地球七十億人，就這麼剛好只有我有資格？買彩券也沒這麼準！不可能！算了，我直接推薦一個給你！」

莫浩然第一個想到的對象就是吳守正，於是他毫不猶豫的將這位同學出賣了。

「對了，早上那傢伙不是剛好嗎？那傢伙已經是中二病末期，巴不得一頭栽進充滿龍與妖精的世界裡，要是把他的腦子剖開來，恐怕還會看見小精靈在裡面跳舞。而且他的體格好，力氣夠，打架一流，簡直生來就是要當勇者的料。」

「沒那麼簡單。吶，我就稍微講解一下原理吧。『異界召喚』之所以會是最高等級的魔法，是因為它能夠自動收集並過濾多重次元的生物情報資訊，然後篩除掉不可行的部分，萃取出可能性最高的生物情報資訊，這種法術是基於複合式的……」

那個聲音很熱心地講解起來，莫浩然則是把它當成背景音樂，完全不予理會。他已經領悟到了，要是再這樣跟那個只有聲音的大法師胡扯下去，只會讓自己更加偏離正常人的道路。

※◆※◆※◆※

莫浩然回到了家裡，時間已經是半夜一點，客廳的燈仍然亮著。

「媽，還不睡啊？」

一進到家門，就發現母親坐在客廳裡面，死命瞪著手中的家計簿。桌上擺著熱騰騰的飯菜，看來是抓準了莫浩然的回家時間所準備好的。

「你坐好，一邊吃，我一邊有事要跟你講。」

王曉蓉——也就是莫浩然的母親——一臉嚴肅地拍了拍身旁的椅子。莫浩然坐了下來，他大概猜得出來老媽想講什麼。

「高中畢業後，你真的不想繼續讀書嗎？」

「不想。」

就在莫浩然用筷子夾起苦瓜炒豬肉的時候，王曉蓉直接切入了主題。

「你就要升高二了，接下來是最重要的關鍵時期。只要辭掉打工，好好努力，就能考上好學校。錢的部分你不用煩惱，媽會想辦法。」

「不可能的。」

「什麼不可能？你的成績明明一直都很好啊，只要再用功一點，之後一定可以考上好學校。」

「我指的是錢啦！辭掉打工，每個月就少了兩萬塊，借款利息也會付不出去。家裡收支已經快要是紅字，再這樣下去會從年頭紅到年尾。」

「小孩子不要擔心這麼多！我會想辦法。」

「已經沒有親戚肯借我們錢了，無息貸款是不可能的。如果又跟銀行借錢，只會陷入利息的循環陷阱，負債只會越來越多。已經是七位數的債務了，小心到時平白無故又多出一個零。」

莫浩然一邊吃一邊分析，他想得很清楚，家裡的經濟情況非常吃緊，根本不允許他升學。要是少了他這份打工薪水，連吃飯都會成問題。

「胡說什麼？眼光要放遠！高中生的學歷在社會上能做什麼？要是學歷高，工作的薪水也會三級跳！」

「在眼光放遠之前，先看一下腳邊的洞有沒有辦法跳得過。還沒拿到文憑就先餓死的話，根本沒有意義。」

「胡說！你怎麼這麼喜歡強辯啊！」

「這叫理智。因為艱困的生活環境導致思想上的早熟，所以能夠用冷靜的態度分析現狀，妳應該為自己的兒子感到驕傲才對。」

「要是真的夠理智，就不會說出剛才那些蠢話了。你其實比你自己想像的還要笨！」

王曉蓉很清楚自己的兒子究竟是什麼樣的人。

雖然聰明，但總幹些蠢事。平時看似冷靜，其實很容易衝動。

善意的說法是面冷心熱。

惡意的說法是表裡不一。

家裡經濟雖然困難，但只要用功讀書繼續升學，未來還是有很大的機會改變貧困的生活。雖說文憑至上的時代已經過去了，但學歷越好，機會越多，這是不變的道理。那種沒讀書也能成就一番大事業的成功人士只是特殊個案，絕不能視為常態。

莫浩然因為見到母親每天辛苦工作，所以想幫忙分擔家計，這份心意雖然令人欣慰，但在王曉蓉看來，這就是遇事衝動的證明。

「你就繼續升學吧。」

「還是工作比較重要。」

「不對，重要的是錢。」

「……竟然對十六歲的兒子說出這種話，真是令人佩服啊。」

莫浩然有些傻眼。雖說做兒子的不太適合說這種話，不過他覺得自己的老媽有時候也滿亂來的。

「因為錢很重要，所以做決定的時候，要將如何能賺最多錢的方式放在第一位。」

王曉蓉嚴肅的說道。

「法律方面的問題呢？」

「……那就擺在第二位吧。」

王曉蓉的氣勢變弱了。

「道德方面的問題呢？」

「……那就擺在第三位吧。」

王曉蓉的氣勢再次衰減。

「興趣方面的問題呢？」

「吵死了！」

擇！」

王曉蓉終於惱羞成怒。

「總之，能正正當當賺最多錢的選擇才是好選擇！而升學正是最符合這個條件的選

「在這個學歷嚴重貶值的年代，還真虧妳能理直氣壯的說出這種話啊。」

「就算再貶值，賺大錢的機會總比你現在出社會來的多。」

「老媽，望梅止渴的典故有沒有聽過？」

「有啊，怎麼了？」

「把梅子換成學歷，就很符合妳現在的情況哦。」

「竟然這樣說自己的媽媽，你這個不孝子！」

在連草木都已沉沉睡去的深夜裡，這對母子就這樣展開一場你來我往的激烈辯論。一直到樓上的住戶下來拍門抗議後，才終於暫時劃下休止符。

莫浩然洗完澡後倒在床上，一下子就呼呼大睡起來。

原本莫浩然以為終於可以讓疲累的身體充分休息，沒想到意識在經歷了一片短暫的黑暗之後，竟然又重回到昨晚的夢境。看著四周那一大片虛無的白色宇宙，莫浩然已經

一句話都說不出來了。

「拜託你讓我睡覺吧……」

「就生理現象來看，你現在是在睡覺沒錯啊，只不過精神方面仍然在活動而已。」

那道自稱是異界大法師的聲音又響了起來。

「靠，那就讓我連精神也一起休息！我他媽的才不想當什麼見鬼的勇者，請讓我繼續在樸實的世界扮演平凡的角色吧。我給你跪了好不好！」

「為什麼呢？你就把它當作是打工嘛！而且報酬也很豐厚哦，我出一百萬夸爾特，怎麼樣？」

「那是什麼莫名其妙的貨幣單位啊！」

「唔，因為數字概念不一樣，所以度量衡無法換算。不過這不是什麼大問題啦！」

「不，那才是最大的問題吧？」

印尼盾和美金之間的貨幣價值可是天差地遠，一百萬的數字乍看之下是很驚人沒錯，可是換算之後究竟可以折合新臺幣多少錢啊？不，在那之前，異世界的貨幣根本不可能在這個世界使用吧？莫浩然迅速地想到了這個根本性的問題。

「你很頑固耶。聽好了，這可是很好賺的打工哦！只要把我放出來，就可以輕鬆又簡單的拿到一大筆錢，這麼棒的機會哪裡找啊？」

「哼……真是越聽越可疑。」

莫浩然瞇起了眼睛，滿臉不信任的表情。

「啊？有什麼好可疑的？」

「如果真的是這麼簡單的工作，報酬也給得太高了吧？話說得越漂亮，就越不能相信。我才不想拿自己的性命開玩笑。」

「……」

「被我說中了吧？」

「……不，你的個性真是不可愛耶。你一定不受女孩子歡迎，對吧？」

「要你管！」

以少年的怒吼為句點，像是夢境又不像夢境的對話就此結束。

※◆※◆※◆※

如同往常的早晨一樣，莫浩然被鬧鐘從睡夢中喚醒。

「哈啊——」

莫浩然一邊打著哈欠，一邊做著上學的準備。今天是期末考最後一天，也是高一生活的最後一天，從明天開始就是令學生興奮不已的暑假。對莫浩然來說，暑假不是用來放鬆休息的時間，而是增加打工時數的機會。

非常湊巧的，半路上又遇到了吳守正。

「啊，早啊。」

吳守正的聲音沒有什麼活力，看起來一副精神萎靡的樣子。

「昨天晚上好不容易才把頭目幹掉，沒想到他媽的竟然只是大魔王的手下。因為太不爽了，就熬夜一路玩下去。」

「……這種故事發展好像在哪裡聽過？」

「是嗎？反正那不重要。啊啊——好累、好睏、好想睡！媽的，反正只是考試而已，去或不去都沒差。阿浩！跟我一起蹺課吧！」

「不要。」

「臥槽，那麼認真幹嘛！難道你想考大學嗎？」

「沒那回事。」

「那你讀個屁書啊？不想升學還考那麼好，是有個鳥用？」

吳守正大發牢騷，對於莫浩然的作風表達強烈的鄙視。

雖然只是不經意的抱怨，卻巧妙的直指對方行為上的矛盾。

……沒錯，就是矛盾。

人類的行動被動機所驅使。沒有動機，就沒有行動的理由。

一般人之所以會認真唸書，不外乎升學、想獲得肯定、被家裡強迫，或是真的對讀書有興趣——雖然極為稀少——等理由。

莫浩然不想升學，也對讀書沒什麼興趣，當然更不想獲得他人的肯定，他若是那種在意外界評價的人，就不會變成不良少年了。

是故，莫浩然根本沒有取得好成績的理由。

「……只是因為不知道以後要做什麼，所以就把能做的事先做好而已。」遲疑了一會兒，莫浩然這麼說道。

「你的境界太高深了，我不懂。」

「不懂就閉嘴。」

「考完後要不要去哪裡玩一下？去唱歌吧，我請客。」

「不行。我的班已經排好了，一直到下個月都沒空。」

「臥槽，有沒有那麼勤勞啊！」

「請叫我努力的螞蟻。為了對抗不景氣的寒冬，必須日夜儲備過冬的糧食。」

「那是什麼？」

「螞蟻與蟋蟀的故事，沒聽過嗎？」

「那後來蟋蟀怎麼了？」

「凍死了。」

「然後變成靈界偵探？」

「這個梗有點老哦。」

「接著還當上了護廷十三隊的隊長。」

「那隻蟋蟀也未免太厲害了！」

「最後經過一番苦戰，終於統一了靈界與幽魂界，然後率領大軍遠征艾澤拉斯……沒想到那裡竟然遇上牠的天敵，也就是冰屬性的巫妖王……蟋蟀，遇上了有史以來最大的危機！」

「世界觀也未免跳太快了！」

「不是我太快，而是蟋蟀太過強悍的關係。真是罪孽深重的昆蟲啊，我從以前就在想那種渾身綠色的傢伙究竟對世界有什麼貢獻……現在想來，我果然有當先知的才能。」

「罪孽深重的是你對蟋蟀的偏見吧？」

兩人就這樣一邊閒聊，一邊走進學校大門。

這次那道聲音出奇的安分，從早上起床後就一直很安靜，也沒有在考試時出來搗亂。莫浩然猜想那傢伙應該是放棄了，畢竟自己已經說得很清楚了，絕不會當什麼狗屁勇者。那道聲音要是聰明的話，就該早點轉移目標才對。

今天的期末考只有一個上午，莫浩然提早交卷。不是不會寫，相反的，他寫得非常順利，只是因為想早點回家再睡一會兒，所以略過檢查的階段。

「啊啊！什麼嘛，原來你們這裡也有這種東西啊！」

腦袋裡突然響起了讓人非常不想聽到的聲音。

這傢伙還沒走啊？莫浩然一邊扶額，一邊對這項不幸的發現而嘆氣。

「那個那個，就是那個，你旁邊那個。看一下、看一下！」

「什麼？」

莫浩然順著聲音的指示轉過頭去。旁邊是一間珠寶店，誘使大法師發出聲音的，正是展示櫥窗裡面的東西。黃金、珍珠、翡翠、鑽石、紅寶石、藍寶石，晝色燈泡發出柔和的光線，將各式各樣的珠寶飾品照得熠熠生輝。

「我那個世界也有寶石哦。」

「哦。」

「在你們這個世界，寶石也可以兌換成金錢吧？那麼我用寶石來付款，這樣子就沒問題了吧？」

「問題大了。天知道你們那邊的跟我們這邊的寶石是不是同一種東西。」

莫浩然在夜店打工時，曾聽那些流氓前輩提到一些關於珠寶詐騙的方法，例如用廉價寶石、人造寶石甚至玻璃來混充鑽石。由於外形相似，要是手邊沒有專門儀器的話，很難驗得出來。

那道聲音說他那一邊的世界也有寶石，但或許只是外形很像的東西，如果那個世界的鑽石其實是鋯石，那就完全不值錢了。

「我再說一次，我才不想當什麼那個見鬼的勇者，早點死心去找別人啦。」

於是聲音又沉默了。

打著大大的哈欠，莫浩然回到了家裡，換好衣服後，便前往夜總會打工。

出乎意料的是，他才剛到夜總會，就被蛇哥叫進了經理室。

雖然身為負責人，但蛇哥其實平常不會出現在夜總會裡面，不過這幾天卻一反常態，老是坐在經理室喝酒。

根據那些流氓前輩私下透露的消息，蛇哥最近跟某個道上的狠角色起了衝突，為了怕對方跑來砸場子，所以特地留下來坐鎮。

莫浩然以為蛇哥有什麼事吩咐，沒想到從對方口中聽到了令他意想不到的字眼。

「我明天不用來了？」

「嗯。」

蛇哥點了點頭。

「請問，所謂的明天不用來，是指讓我放假嗎？」

「不只是明天，以後也都不用來了。」

也就是解雇的意思。

「那個，難道，我搞砸了什麼嗎？」

「沒有。」

「那為什麼……」

「請太多人，薪資費用太高了，要壓低成本。」

「……阿德大哥昨天還在抱怨人手不夠耶？」

阿德是那群後場流氓前輩之一，在夜總會裡的威信僅次於蛇哥。

蛇哥搔了搔頭，很快就想出新的理由。

「你還未成年，不能在這裡工作。」

「……把我介紹進來的就是你耶？」

蛇哥抬起頭，墨鏡之下的雙眼露出沉思的光芒。

「嗯，我良心發現。」

「……」

莫浩然已經不知道該如何吐槽才好了。

沒有喝醉的蛇哥平時沉默寡言，他肯為莫浩然解釋理由——就算這個理由怎麼聽都像是胡扯——已經是很給面子的事情。

雖然不甘願，但莫浩然不得不死心。對方可是貨真價實的黑道分子，像自己這種介於不良少年與一般人之間的半調子，根本無力改變其決定。

「我知道了。但，可以告訴我真正的理由嗎？就算被人炒魷魚，我也不想被炒得不明不白。」

蛇哥的雙眉蠕動了兩下。

外人看了，或許會以為他心情不好，但莫浩然知道這是他思考時的小動作。好歹也在這間夜總會幹了一年，這點程度的情報他還是能掌握的。

「……你媽今天早上打電話給我了。」

「啊？我媽？」

「她說希望你繼續升學，問可不可讓你辭掉這裡的工作。我也覺得你媽是對的，所以就答應了。」

「那個，我媽她是——」

蛇哥伸出骨節粗大的右掌制止了莫浩然。

「之前讓你在這裡打工，是因為你爸以前照顧過我，算是報恩。但要是讓你就這樣放棄讀書，就變成是害人了。我可不想被人說是忘恩負義的傢伙。」

「不，怎麼會……」

「我以前曾對下面交代過，不准把你拉進我們這個圈子。但要是你自己跳進來的話，我再怎麼警告下面也沒用。」

蛇哥突然說起有關這份打工的秘辛。

「年輕人不知天高地厚、愛逞強、自以為是，總以為幹我們這一行很威風、很好混，傻不隆咚的跳進來，接著想走也走不掉了。我自己就是這樣。你在這裡幹了一年，可是一直沒有跨過那條線，這很好，代表你腦袋還算清醒。可是現在不行了。不想繼續讀書，證明你還是受到了我們這個世界的影響。」

莫浩然想說沒有，但蛇哥墨鏡之下的眼神變得異常犀利，彷彿在喊著「不准開口」似的。

「說說看，連個一技之長都沒有的傢伙，出了社會能做什麼？有誰會用你？在我這裡幹一輩子的雜工？沒出息也要有個限度。在這裡待久了，不是這個圈子也會變成這個圈子的人。所以，你明天開始不用來了。」

蛇哥打開抽屜，從裡面拿出一個厚厚的信封，然後扔到桌上。

「這裡有三十萬，算我借你的大學學費。不用利息，但一定會要你還。要是讓我知道你把這筆錢用到其他地方，你媽以後就不用再為你操心了，因為她再也見不到自己的兒子。」

蛇哥輕描淡寫的說出令人毛骨悚然的威脅。

「蛇哥……」

「拿走，然後回家。明天不用來，今天這裡也用不著你。」

「我……」

「我說拿走，然後回家，你沒聽到嗎？」

蛇哥的聲音陡然變低。

一種不舒服的氛圍籠罩了整個房間，四周的氣溫似乎也跟著下降。

這是屬於「那個世界」的氣氛。

莫浩然知道，眼前這位壯漢是認真的。要是他敢拒絕，壯漢那雙曾經殺過人的拳頭就會對準自己的臉揍過來。

「……謝謝蛇哥。」

於是，他只能接受。

莫浩然撿起桌上的信封袋，然後將它放進夾克口袋。向壯漢點頭行禮後，莫浩然走出了經理室。

「完全不給人辯解的機會啊……」莫浩然喃喃自語的抱怨著。

只有高中學歷的人在工作方面確實沒有太多選擇，卻也不是絕對沒有好的選擇。就算自己再怎麼魯莽，也不會真的想要當一輩子的夜總會雜工，更別提混黑道了。

事實上，莫浩然想去考公務員。

高中學歷的話，只能報考最低等級的基層公務員，但那樣就夠了，至少有一份固定的薪水，重點是工作穩定。

當然，公務員也不是那麼容易考上的，多的是考了好幾年也沒考上的人。據說甚至還有那種以考公務員為藉口，卻整天過著頹廢生活的懶蟲。莫浩然覺得要是現在就說出自己的計畫，反而會被老媽認為是那種懶蟲，所以他本來想等到存夠了補習費再說，結果慢了一步，直接被蛇哥解雇了。

但是，沒有怨恨。

雖然發著牢騷，但是並不生氣。

蛇哥是帶著善意才會把自己轟走，所以實在沒辦法對他心生怨憤。

莫浩然打定主意，今晚回家就跟老媽講清楚。雖然他大概想像得到老媽究竟會說什麼，例如唸完大學再考公務員也一樣之類的。

莫浩然進入夜總會走的是後門，離去時自然也一樣。

流氓前輩們正蹲在後門外面，邊抽菸邊講黃色笑話。見到了莫浩然，他們只是點了點頭。

走出後門的時候，莫浩然發現有兩名陌生男子正朝這邊走來，這讓他有些訝異。這間夜總會除了大門外，還有側門與後門，側門是訪客與上下貨物專用，後門則只對工作人員開放。莫浩然在這裡打工一年多，夜總會的人他全都認識，但從來沒見過這兩人。

（是訪客嗎？）

莫浩然心想自己最好提醒這兩人一下，免得他們被後面的流氓前輩為難。

「喂，這裡只有工作人員才能走哦。」莫浩然一邊走向兩人，一邊開口說道。

莫浩然的聲音引起了那些流氓前輩的注意，他們停止聊天，轉頭望向那兩人。

「你們有事的話要走側門，側門就在……」

莫浩然話還沒說完，兩名男子便做了一個相同的動作。

他們將手伸進外套內側。

「白痴！快閃！」

幾乎就在同一時間，莫浩然聽見後面響起流氓前輩的大吼。

然後——一股劇痛貫穿了身體。

瞬間，腦海一片空白。

等到回過神時，莫浩然發現自己已經倒在地上了。

「蛇哥！有人來砸場子！」

彷彿聽到了有人在大喊，但是聲音很模糊，像是從另一個世界傳來的一樣。

在傾倒的視野中，莫浩然看見了跟自己一樣倒在地上的流氓前輩。那兩名陌生男子則是拿著手槍走進後門。

（咦……？）

莫浩然一時間無法理解究竟發生了什麼事，他只知道自己的胸口異常疼痛，身體不斷抽搐，但無法動彈。

「啊……嗚……」

從口中吐出斷斷續續的呻吟聲，感覺喘不過氣。

然後，想起了那個傳言。

蛇哥與道上狠角色起衝突的傳言。

對方不僅真的來砸場子了，而且用的還是最激烈的手段。

（啊……我、要死了嗎……）

莫浩然感到自己的身體變得越來越冰冷，意識也逐漸模糊。

「為……什……」

為什麼會遇到這種事？

為什麼是自己？

為什麼？

莫浩然想要怒吼，但是他無法發出聲音。勉強能從喉嚨裡擠出來的，只有不具意義的短促喘息。

怎麼可以死！

無論如何都不能死！

想活下去！必須活下去！自己絕對不能死在這裡！不想死！不想死！不想死！不想死啊！

吶喊的意識無比灼熱，但無濟於事。

「——看來，我們有可以交易的東西了。」

就在這時，腦中突然響起了聲音。

「你快死了，我感覺得到。」

那個聲音冷靜的說道。

「不過，這並非因為你抵達了壽命的極限，而是有外力損傷了你的肉體。我能幫你修補好，至於代價，你很清楚。」

這就是奇蹟。

非現實的東西，如今已經成為了現實，並以最讓人無法抗拒的姿態出現在莫浩然面前。

已經沒有拒絕的理由了。

這是自己最後的，也是唯一的機會！

（救我！然後，我也會去救你！）

莫浩然在心中如此呼喊。

「交易成立。那麼，我將在此與你締結契約。」

在聲音說完這句話的瞬間，莫浩然的視野瞬間被染白，那就像是被強烈的閃光正面直射一樣。

四周的景色化為一片空白，在那無垠的白色虛空中，大法師的聲音再度響起。

「吾之名為傑諾．歐蘭茲，在此開啟應許之門。接受吾之呼喚，與吾締結契約者啊，報上汝名。」

壓榨出僅存的力氣，少年用微弱的聲音，斷斷續續的說出自己的名字。

「莫……浩……然……」

「以汝之名、吾之名起誓，汝將聽從吾之命令，吾將領受汝之加護，直至契約終結為止。」

四周的虛空由白轉黑，接著由黑轉白，並在黑白交錯的過程中，逐漸化為混沌的色彩。莫浩然的意識也隨著這片混沌一同扭曲，最後化為閃光，穿越過歪斜的次元縫隙，直達前所未見的彼端。

打工勇者的傳奇，就此展開。

出勤日 02

莫浩然＝桃樂絲？

臉頰上有著冰冷又堅硬的觸感。

莫浩然睜開眼睛，陌生的天花板頓時映入眼簾。頭很痛，視野也有些模糊，或許是因為剛醒來的關係，總覺得身體很重，四肢無法隨自己的意思順利移動。他就這樣躺在原地，過了好一會兒，才用手扶著地板撐起上半身。

這裡似乎是某種建築物的內部，從占地數百平方公尺的空曠環境，以及高達十公尺的天花板來看，應該是大型倉庫之類的地方。牆壁的最高處有一整排用柵欄封住的通氣孔，外面的光線從通氣孔射入室內，雖然昏暗，還不至於完全看不見東西。

「醒了嗎？」

莫浩然連忙轉頭，他認出那是傑諾．歐蘭茲的聲音。

一般人……不，應該說在莫浩然的那個世界裡面，大多數人一聽到「大法師」這個字眼，腦中首先浮出的印象不外乎這幾種：華麗的衣袍、長長的白鬍子、閃閃發光的法杖、睿智的眼神、神秘的氣質。

莫浩然原本以為他一回頭，就會見到擁有上述全部或部分特點的老頭子或中年人。然而他所見到的景象比想像中更加誇張——因為他什麼都看不到。

「這、這就是隱身術嗎！還是說，這是千里傳音？」

莫浩然先是嚇了一跳，然後很快就冷靜下來。

「哼……不愧是大法師，才剛開始就想賣弄一手，給我來個下馬威嗎？可惜呀，老子好歹也是曾在動漫與電玩世界沉浸多年的男人，難道你以為這麼簡單就可以嚇到我？別小看現代的高中生啊，傑諾．歐蘭茲！」

「誰在跟你賣弄了？下面，下面啦！」

「下面？」

莫浩然低下頭去，見到一隻毛茸茸的白色小狗正蹲在自己腳邊，用又黑又大的雙眼看著自己。

時間，就此靜止。

「……」

「……」

一人一狗就這樣互相對望

「…………」

「……………」

沒有一方開口說話，兩者全都沉默不語。

「……………………………」

「……………………………」

在這片靜止的空間裡，時間彷彿也跟著凝固在這一刻，直至永恆。

「……傑諾．歐蘭茲？」莫浩然不確定的問道。

「啊啊，是我。」小狗回答了。

莫浩然抬頭深深吸了一口氣，接著將這口氣緩緩吐出。在深呼吸的幫助下，一度動搖的精神好不容易重新獲得穩定。

「幹嘛？你那是什麼反應？」

小狗歪著頭，莫浩然的舉動讓牠覺得有些難以理解。

「原來如此，沒錯，我早該想到才對……」

「什麼？」

「不愧是異世界……是啊，拘泥於人型是我的錯，這就是所謂的文化衝擊吧？不過我實在沒想到，大法師會是一隻狗……」

「誰是狗啊！」

小白狗跳了起來，對莫浩然的下巴使出了一記捨身衝撞。這一撞的力量出乎意料的強勁，莫浩然吃下一記漂亮的技術擊倒。

「吶，聽好了！現在這個模樣，是我用精神波模擬出來的形態。因為你已經來到這個世界了，所以我沒辦法跟先前一樣在你心裡說話，才會改用這種方式跟你交談。懂了嗎？」

莫浩然坐了起來，然後捉住小狗的後頸，將牠拎了起來。

「那你幹嘛一定要變成這個樣子？個人興趣嗎？」

「誰有興趣當狗啊！可以的話，我也想模擬自己原來的樣子，但我不是說過我被關起來了嗎？能夠投射到外界的精神波強度是有限的，所以最多只能模擬出小型生物的外表。」

「怎樣都好，要變魚還是變鳥都隨便你。那麼小狗大法師，接下來要幹嘛？你被關在哪裡？怎麼放你出去？」

「唔，雖然那也很重要……但我想現在最該做的，是讓你逃出去才對。」

「咦？」

「仔細看吧，我們被關起來了。」

「什麼！」

莫浩然嚇了一跳，然後站起來環顧四周。

藉助昏暗的光線，他發現這個類似大型倉庫的建築物僅有一道柵門，柵門的高度約兩公尺，此時正緊緊的閉合著。

莫浩然跑向柵門，或許是因為太過慌張的關係，途中他有好幾次差點跌倒。莫浩然來到柵門前方，柵門用一種看起來非常堅硬的金屬打造而成，他不知道是不是鐵，但就算知道了也沒有用。柵門的設計非常奇怪，找不到可以開啟的地方，彷彿從一開始就不打算讓人出入這裡似的。

莫浩然雙手握住柵欄用力搖了搖，只見柵門不動如山。接著他撫摸旁邊的牆壁，發現也是金屬材質，他用手指敲兩下，聲音很沉重，是實心的。

與其說這裡是倉庫，還不如說是監獄。

「喂！怎麼搞的！我們怎麼會跑到這裡來？」

「不是我的問題，有人在妨礙我們。」

「什麼？」

「有人在召喚過程中出手干涉，改變了事先定好的傳送座標。」

「誰在干涉？」

「這還用問？當然就是當初把我關起來的人囉。」

傑諾簡短地說出他的猜測。

當初把傑諾．歐蘭茲囚禁起來的人，似乎早就預料到他會使出「異界召喚」這一招。在召喚過程中，這名妨礙者從旁干涉，將召喚物預定著落的空間位相加以扭曲。

也因此，莫浩然才會掉到了錯誤的地方。

眼前這座牢房就是妨礙者幹的好事，對方竄改了位相轉移的坐標值，使得莫浩然一到達傑洛，就會跑進這個牢房裡。

「牢房倒是蓋得很大啊，看來是怕我叫出什麼大東西吧？要蓋這玩意兒，恐怕要花不少時間，看來那傢伙早就算好了呢。真是的，又被擺一道了。」

傑諾像是很佩服似的搖著尾巴，那副模樣真的跟小狗沒兩樣。

「現在不是誇獎敵人的時候！你不是大法師嗎？想辦法逃出去啊！」

「喂喂，要是真辦得到那種事，我還用得著叫你來嗎？告訴你，這當然是不可能的啊！」

「明明是自己的疏忽，竟然還敢這麼理直氣壯啊？你這隻沒用的雜種狗！」

「你說什麼？我變的可是純種的杜蘭夫犬，這可是相當有名的品種喲。」

「我管你是杜蘭夫還是杜蘭教，總之這是你的錯，你要負責到底！」

少年與小狗彼此叫囂，最後在媲美棒球場的廣大牢房裡展開了一場追逐戰。不過這場愚蠢的戰役並沒有持續多久，因為莫浩然才跑了兩百公尺左右，就已經喘不過氣來。

「呼哈……可惡……哈……奇怪……我、我的體力……呼哈……」

莫浩然蹲在地上猛力喘氣，為自己的身體狀態深感不解。由於長期的打工生涯以及打架經歷，他對自己的體力有一定的自信，不應該只跑了這麼點距離就喘成這樣。

（是因為中槍的關係？）

想到這裡，莫浩然忍不住摸了摸中槍的地方。當初他被射中右胸偏下的部位，那股尖銳的疼痛感如今早已消失，看來傑諾確實如他所承諾的一樣，將他治好了。

緊接著，莫浩然察覺了一件奇怪的事。

衣服不對。

中槍那時，他明明穿著黑色T恤，但現在卻變成一件看起來很廉價的粗布上衣，仔細一看，連褲子也不一樣，從牛仔褲變成了粗布長褲，至於鞋子則是消失不見。

不，衣服什麼的還在其次，更大的問題是——自己的手腕變細了！

剛剛因為情緒激動加上光線昏暗的關係，所以沒有立刻發現這件事。現在認真一看，自己的手掌竟與自己記憶中那雙手掌截然不同。

因長期工作與打架而長繭的粗糙手掌消失了，取而代之的是一雙沒有傷痕、白皙柔嫩，宛如新生兒一樣的手。

莫浩然訝異的張開手掌，然後又將它握緊。這樣的動作反覆了兩、三次，他終於確定這是自己的手沒錯。

緊接著莫浩然像是想到什麼似的，慌張的檢查自己的身體。

不只手變細而已，更正確的說，莫浩然整個人都縮小了一圈，好不容易鍛鍊出來的肌肉也徹底離家出走。

「這是怎麼回事！」

莫浩然驚怒的對著小狗大喊。

「你現在才發現？會不會太遲鈍了？」

傑諾歪著頭，聲音聽起來似乎很驚訝。

「遲鈍你媽啦！到底怎麼回事？給我說清楚！」

「你的肉體受到致命傷，無法承受次元轉移所帶來的衝擊，所以我只召喚了你的靈魂。至於身體，我用次元飄流物質幫你重新構築了一個，衣服也是。這可是很了不起的法術哦，全傑洛沒幾個人做得到呢。」

「你炫耀個屁啊！你不是說要救我嗎！直接把我的傷治好不就得了！只召喚靈魂是什麼意思啊！你是說我變成鬼了嗎？我已經是死人了嗎？開什麼玩笑啊你這王八蛋！」

「不不，不是這樣。」

傑諾搖了搖頭，耐心的對莫浩然說明。

「你沒死，只是靈魂被拉過來而已。肉體還在原來的世界，但不用擔心，因為在召喚的時候，你那一邊的時間向量數值就已經被凍結了。簡而言之，就算你在這裡待上好幾年，在原來的世界也只是一瞬間的事。在你回歸原來世界的那一刻，留在那裡的肉體也會同時被治好。」

聽見傑諾的解釋，莫浩然激動的情緒總算是平復了一點，但他還是一副無法接受的表情。

「幹嘛這麼麻煩？直接把我治好，然後連同身體一起拉來這個世界不就得了？你這樣根本是多此一舉！」

「因為契約的代價就是這樣。」

「啊？」

「我們的交易內容是——你把我救出來，而我也救你。這兩者必須同時完成，不存在先後次序的問題。換句話說，就是一手交錢，一手交貨。當你救了我的那一刻，你的身體也會被治好，然後靈魂回歸。兩邊的時間線在締結契約的瞬間被切離開來，所以從宏觀角度來看，你救我，以及我救你，這兩件事將會同時完成。」

「……我聽不太懂。」

「哎，聽不懂就算了。其實這樣對你也有好處。」

「好處？」

「我一開始就跟你說過了，你很弱，如果把你的身體也拉過來，要是水土不服或碰上意外什麼的，你可是真會死在這裡哦。現在有了代替的肉體，就算斷個手啊腳啊的也無所謂，不是嗎？」

「唔、唔唔……」

聽傑諾這麼一說，莫浩然也覺得似乎、好像、可能、或許、應該、說不定有那麼一點點道理。

「可是……至少也做得強壯一點吧？」

現在這具身體太虛弱了，跑沒幾步就氣喘吁吁，體力實在太差了。

「別太苛求。為了做這具身體，我也是花了很大的力氣。為了節省力量，我把一些不必要的部分都去掉了。」

「肌肉怎麼會是不必要的部分？」

「但也不是必要的部分。在傑洛，魔力是比肌肉重要千百萬倍的東西。」

「我還是覺得肌肉很重要……等等！」

這時，莫浩然陡然一驚。

傑諾說了，他在製造這具身體時，去掉了他覺得不必要的部分。

不必要的部分？

不必要的部分！

……幾乎是下意識的，莫浩然將手伸向自己的下半身。

「靠夭啊！我的小弟弟不見了！」

人類要在什麼樣的情況下，才會感到驚惶失措呢？

上課的時候，發現作業竟然放在家裡。

上廁所的時候，發現竟然沒有衛生紙。

吃飯的時候，發現飯菜裡竟然有蟑螂。

回到家的時候，桌上竟然擺著自己藏起來的黃色書刊。

在沒有存檔的情況下一路打到魔王面前，結果竟然停電。

上述這些經驗，每個人多多少少都會遇上那麼一、兩次。這時，乍現的驚恐與既有的理智就會互相角力，就像分別置於天秤兩端的砝碼一樣，短暫的搖擺，然後重新取得平衡。

是的，終歸會取得平衡。

激動的情緒只能暫時支配人心，不管是憤怒或哀傷、喜悅或興奮，全都無法持久。暴風雨總會過去，最後留下的只有平靜。

——以上，指的是一般狀況。

當你一覺醒來，卻發現自己的身體竟然整個被換掉，甚至連小弟弟都消失掉的話，很明顯，這絕對無法被歸類為「一般狀況」了。

「你在搞什麼啊啊啊啊啊啊啊啊啊啊！」

莫浩然發出悲慟的怒吼，一把撲向身為罪魁禍首的傑諾。很可惜，這足以媲美美式足球撲殺攻擊的強力衝撞，被小狗大法師輕而易舉的閃過了。

「喂喂，有必要那麼激動嗎？」

「閉嘴！你知道你幹了什麼事嗎？殺父弒母之仇不過如此啊臥槽！」

「留著那玩意兒也沒用吧，是說你在這個世界究竟想用那玩意兒幹嘛啊？」

「這、這個……上、上廁所啊！」

「放心，已經改造過了。小便的時候會從另一邊出來。」

有些功用是無法明說的。

「給我去死啊！」

莫浩然再一次悲憤的飛撲，同樣被傑諾輕巧的閃過。莫浩然趴在地上，雙眼冒火的瞪著眼前的白毛犬。

「把這具身體變回來！馬上！立刻！我才不想變成女人！」

「女人？哦，哦哦，原來你是在意這一點啊？放心，你誤會了。」

「誤會什麼？」

「製造這具身體的時候，只保留維持生命所需要的器官，而與生殖有關的部分則全部拿掉了。所以現在的你既不是女人，也不是男人。對，你是——」

傑諾用嚴肅的聲音說道：「——不男不女。」

「我殺了你呀啊啊啊啊啊啊啊啊啊！」

莫浩然忍無可忍的衝了過去，跟傑諾展開第二次的追逐戰。

三分鐘後，這場戰役以小狗的勝利告終。

「冷靜點，現在不是做這種傻事的時候。」

「傻……傻個……屁……呼、呼……我……要……哈啊……宰了你……」

莫浩然躺在地上一邊大口喘息，一邊低聲怒罵。

「原本想花兩天讓你慢慢適應的，但現在沒時間了。既然我們已經被逮住了，那麼那個女人一定會過來視察。」

「呼……呼……女人……？」

「銀霧的魔女——莎碧娜。她就是把我囚禁、把你關在這裡的罪魁禍首。」

「魔女……」

讓人無法產生現實感的名詞。

繼大法師之後，又冒出一個讓人會聯想到電玩遊戲或冒險小說的詭異職業。這個字眼也是自己腦袋所選擇的最適翻譯詞彙嗎？如果是的話，自己的想像力與語文能力可真是有夠貧乏的。

等等，語文能力？

「咦？不對，你現在正在跟我講話沒錯吧？」

傑諾用憐憫的眼神望著莫浩然。莫浩然不知道一頭畜牲究竟要怎樣才能露出那種眼神，但眼前的小狗就是做到了。

「……你連自己正在做什麼都不知道嗎？只不過是少了小弟弟而已，打擊沒這麼嚴重吧？」

「別再提小弟弟的事了！再提老子扁你啊！」

「嗯，這才對。人要懂得接受現實，才會活得快樂。」

「這種蠢斃了的現實我才不需要！我問你，現在你是在跟我說話對吧？」

「還在逃避現實啊？其實少了小弟弟……」

「跟小弟弟無關！你究竟是有多在意我的小弟弟啊！給我嚴肅一點啊啊啊啊！」

「好吧好吧，我知道了。我現在是在跟你說話沒錯，有什麼問題嗎？」

「問題大了！為什麼我聽得懂你說的話？而且你也聽得懂我說的話？我說的是中文耶！」

在原來那個世界，傑諾是用精神波跟莫浩然溝通的，所以可以透過莫浩然的腦袋自動轉譯，但現在莫浩然與傑諾明顯是用嘴巴在交談。莫浩然很確定，自己說的是中文，而傑諾說的竟然也是中文，這是怎麼回事？

莫浩然想起了過去常聽到的經典笑話：「日文是多元宇宙的通用語言！」在諸多動漫作品裡，不論是外國人、外星人或異世界人，講的全是日文。難道這個傳說不僅是真的，而且還華麗的升級了，變成只要是地球語言，就可以在多元宇宙暢行無阻嗎？

「唔，你明明很遲鈍，卻在奇怪的地方很敏銳呢。」

傑諾歪著頭，說出不知是褒是貶的評語。

「這是契約的效果。我說的是傑洛的語言，你說的是你那個世界的語言，但是透過契約的力量，我們可以彼此溝通。但只限於我們兩人，其他人講的話你聽不懂，你講的話他們也聽不懂。」

「還真是方便啊。」

「好了，旁枝末節的問題先別理會。現在最重要的，是要怎麼面對莎碧娜。」

「銀霧的魔女……真是響亮的名號。」

「是很響亮，那個女人是傑洛最頂尖的魔法師之一，也是雷莫的統治者。」

「雷莫？」

「國家的名字。我曾經跟你說過吧？大法師是有資格成為一國之主的人，換句話說，魔女也是一樣的。我是沒有興趣當王啦，因為太麻煩了，不過莎碧娜倒是做得很高興。託她的福，傑洛總是過著一點也不無聊的日子。」

「大鬧世界嗎？媽的，不愧是最終頭目，格調果然老套到不行。」

「她可是相當冷血的喲！那個女人很快就會過來，一旦被她看穿你的底細，就會立刻把你宰掉。」

「臥槽！那怎麼辦！」

莫浩然慌了。

如果用電玩的術語來形容，現在的情況是連新手村都還沒出去，就必須直接打最後BOSS了，怎麼看都是GAME OVER的節奏。然而，這可不是電玩世界，沒有記錄重來的可能。要是死了，莫浩然那僅活了十六年的短暫人生也將徹底終結，沒有第二次機會。

「我從剛才就在想辦法了，可是你卻在那邊計較小弟弟什麼的，一直在打擾我，找死也不是這樣。」

「就說不准再提小弟弟了！好、好——我知道了！男的也好，女的也好，不男不女也好，怎樣都好！老子都無所謂了！這樣可以了吧！以後別再關心我的下半身了！」

「很高興你終於想通了。」

傑諾欣慰的點了點頭，莫浩然則是淚眼迷濛的望著天花板，不斷質疑自己接受這份打工究竟是對是錯。

「那麼接下來……」

傑諾低頭沉思，莫浩然在一旁安靜的等著，不敢打擾他。

在經過一分鐘左右的思索後，傑諾抬起頭。

「唔……總之，先試試看能不能唬住她。」

莫浩然聞言不禁一愣。

「唬住她？唬住最後 BOSS？」

「簡單的說，就是要讓她認為與其殺了你，還不如先把你關起來比較好。」

「要怎麼做？」

「那女人很精明，單靠話術是騙不了她的，需要給她看點東西才行。」

「什麼證據——喂！你幹什麼？」

只見傑諾縱身一躍，突然跳到莫浩然的頭上。

「別亂動。我接下來要跟你進行精神同調，隨便亂動會很危險。坐好，閉上眼睛，仔細聽好我接下來說的話。」

聽到傑諾的警告，莫浩然便放開已經抓住小狗的雙手，然後保持上半身直立的姿勢緩緩坐下，以免傑諾掉下來。

莫浩然閉上雙眼，傑諾的聲音不再是從頭頂上傳來，而是由腦海中響起。

「趁這個機會，我順便跟你講解一下魔力到底是什麼東西。不過講得太仔細，你大概也無法理解，所以我簡單說明一下就好。」

完全是把人當成笨蛋的語氣，可是因為莫浩然確實不想聽一堆可能會損害腦細胞的怪異知識，所以也懶得提出抗議。

「魔力，簡單來說，就是元質粒子在反應變化的過程中放射出來的能量。至於元質粒子嘛……嗯，把它想成一種存在於萬物之內的基本物質就行了。元質粒子無所不在，天空、陸地、大海、動物、植物、礦物，到處都有它的蹤影。」

莫浩然皺起了眉頭，傑諾所說的東西讓他產生了上理化課的感覺。這個元質粒子聽起來怎麼這麼像原子，就連名字都很像……也不對，「元質粒子」這個名字應該是他的腦袋自行轉譯的。

「所謂的魔法師，指的就是能以靈魂操縱元質粒子的反應變化，然後自由運用這股能量的人。這是一種天賦，無法後天習得。支配魔力，就等於支配萬物，因此魔法師生來高高在上，他們掌握力量，是真正的貴族。」

這樣的社會階級劃分法還真是簡單易懂，莫浩然心想。

「你不屬於這個世界，靈魂當然也跟這個世界的人不同，所以無法操縱魔力。但現在我已經跟你的精神波長同調了，情況也會變得不一樣。眼睛張開，你應該可以看到全新的景色。」

莫浩然睜開雙眼。

此時映入視野中的，不再是先前的那個世界。

昏暗的牢房裡面，出現許多細微的光點。

光點無所不在，空氣中、牆壁裡、地板上，甚至連自己的衣服與身體也有光點，構成了一個明亮的世界。

空氣中的光點則是一邊浮游，一邊不斷變形，宛如永不停止的潮汐。

「這是……？」

「看到了嗎？這就是元質粒子。」

莫浩然不自覺的伸出右手，想要捉住這片美麗的光之潮汐，但手掌卻直接穿了過去。

「不是這樣。元質粒子無法用物理方式操控，現在你集中精神，試著命令元質粒子集中到你的手掌心。」

「命令？怎麼命令？」

「呃，這很難形容……大概類似祈禱那樣的感覺吧？」

你也太隨便了吧！莫浩然暗暗腹誹，然後跟著照做。

（過來！過來！）

元質粒子沒有反應。

（請過來！請過來！拜託快過來！）

元質粒子還是沒有反應。

（臥槽！太不給面子了！你他媽的快給我過來呀啊啊啊啊啊！）

元質粒子依然毫無反應。

莫浩然在心中不斷呼喊，但是周遭的元質粒子仍舊一點變化也沒有。傑諾嘆了一口氣。

「我說啊，你在擺動自己手腳的時候，會像現在這樣在心裡大喊大叫嗎？不可能吧？要像指揮自己手腳一樣指揮元質粒子，不須太過刻意，自然而然的就行了。」

「是你自己說要像祈禱一樣的啊！」

「好吧，我錯了。唉，要教導外行人真辛苦。」

「好想扁你……」莫浩然咬牙切齒的說道。

接下來莫浩然花了將近一個小時，好不容易抓到了傑諾所說的那種感覺。

一開始四周的光點只是略微有些浮動，但很快的停止了。接著光點開始朝著莫浩然移動，但很快就飄走了。然後光點終於肯聚集在莫浩然的雙手掌心，但才聚集不久又散開來。

直到不知是第幾次的嘗試，光點終於肯老實的乖乖待在掌心。

「成功了！」

莫浩然忍不住大聲歡呼，結果光點又散掉了。

「這種程度還不夠。要嚇到那個女人，必須準備更大、更豪華的禮物，至少要能擾動整個牢房的元質粒子才行。」

「開什麼玩笑！光是控制眼前這一小塊就夠累了，還整個牢房咧！」

「你想不想死？」

「……媽的。」

關於性命的威脅比什麼都來得有效。

莫浩然繼續努力嚐試，又過了一小時，好不容易才能影響周圍半徑三公尺左右的元質粒子。

同時，莫浩然也達到極限。

累的不是身體，而是腦袋。

他覺得自己就像是連續做了好幾百道數學題一樣，腦子裡面變得一團混亂，沒有多餘的力氣去思考其他事情。他躺在地上大口喘氣，然後迷迷糊糊的睡著了。

當莫浩然醒來時，發現傑諾已經從他頭頂上爬下來了，此時趴在地上不知在研究些什麼。

「哦，醒來啦。」傑諾頭也不抬的說道。

莫浩然搔了搔頭，睡眼惺忪的看著小狗。接著一邊打哈欠，一邊問道：「幾點了？」

「我怎麼會知道。不過你睡了半小時。」

「才半小時？我怎麼覺得自己睡了很久……」

「這叫『靈魂安眠』，魔法師一旦透支力量，就會陷入這種熟睡狀態。完全恢復至少要好幾個小時，你現在只是回到能夠回復意識的最低水平。怎麼樣，是不是覺得很累？」

「嗯。」

莫浩然點頭。他的腦子依舊覺得疲倦，身體明明有力氣，但就是不想動。

「……嘖，果然是這樣。」

傑諾突然用前爪往地上拍了一下。

「怎麼了？」

「那個女人準備得可真周到。我就覺得奇怪，為什麼明明已經同調了，你的元質粒子操控力還是那麼差，原來她在這個牢房做了手腳。」

「做了手腳？」

「地下有東西。不，不只是地下，牆壁、天花板、柵欄也有。那女人，不只刻上了鈍化紋陣，竟還用惰魔金屬製造牢房。內側張開了四十重以上的遮斷防護與隔絕屏障，就算是沒被囚禁前的我，要逃出去也很難。這裡簡直是魔導技術的結晶，連我都忍不住想為設計者拍手叫好。哼，真是大手筆。這樣看來，搞不好連魔力導索都埋了。那個女人究竟為這個牢房花了多少錢啊，真是！」

一大堆聽不懂的名詞從傑諾的狗嘴裡傾瀉而出。

「什麼意思？」

「意思就是，這個牢房非常不簡單。想在這裡操控元質粒子，會比在外界困難許多。」

「呃，所以呢？」

「沒什麼。既然那女人做得這麼徹底，反而更好辦。只要……」

就在這時，突然響起了尖銳又鈍重的聲音。

聲音來自外面。那道聲音聽起來像是金屬與地面互相磨擦所發出的異聲，傑諾的尾巴立刻豎了起來。

「糟！已經來了……可惡，比想像中還快！」

「喂喂！接下來怎麼辦！我要怎麼唬住她？」

「只能放手一搏了！」

傑諾就像先前一樣，立刻跳到了莫浩然頭上。

不同的是，傑諾變形了。

傑諾的身體像是遇熱的奶油般迅速融化，在一瞬間擬態成莫浩然的毛髮外形。在旁人眼中看來，莫浩然的頭髮看起來就像是突然變長、變白了一樣。

「喂！你在幹嘛！」

「廢話，當然是偽裝！那個女人敏銳得很，就算躲在你背後也可能發現我。啊，還有，你要記好一件事——千萬、絕對、一定不能讓她知道你的名字！」

「名字？」

「嗯，名字。那是證明一個人存在於世上的象徵，也是一切束縛的起源。聽好了，在這個世界，要是隨便把自己的全名講出來，那就跟找死沒兩樣。因為締結契約的關係，你已經知道了我的全名，可是你絕對不能講出去，知道嗎？」

「哦、哦哦。」

「等一下我說什麼，你就跟著我說什麼。」

「了解……不對！我聽不懂她說的話吧！」

「別擔心，我會幫你。」

這時，傑諾的聲音已經變成只在莫浩然腦袋裡響起。

同一時間，那陣彷彿在開門般的聲音也停止了。

取而代之的，是一陣清亮的腳步聲。

然後，柵欄前方出現了黑影。

時間就像是凍結了一樣。

四周的空氣彷彿失去了原來的溫度般，莫浩然的背部竄起一股寒意。

柵欄外站著兩名女子。

其中一名女子穿著會讓人聯想到歐洲嘉年華會的華麗黑服，只差沒有戴著白色面具而已。要是平時見到有人穿這種衣服在街上走來走去，莫浩然一定會當場笑出來，但是此時的他，卻完全沒有嘲笑的心情。

從對方身上傳來的那股壓迫感，足以將任何人的意識凍僵。

彷彿連光線也予以排拒的黑色，與這名女子的氣息極為相符。

那套妖魅的華服，將女子的魔性襯托得更為顯眼。光只是注視著她而已，就感受到一股彷彿連靈魂都會被壓垮的沉重感。

有如柔弱的草食動物遇上凶暴的肉食動物一樣，莫浩然本能的感受到了危險。彼此之間的能力天差地遠，如果與她為敵的話，完全沒有勝算。

「她就是銀霧的魔女——莎碧娜。」

傑諾揭示了來者的身分。

莎碧娜站在牢房外，注視著坐在牢房內側的莫浩然。

「……我還以為傑諾會叫出什麼厲害的傢伙，沒想到竟然是這種程度的東西呀。」

莎碧娜的語氣充滿了輕蔑。她的聲音清脆，卻蘊含著可怕的威嚴。

不知傑諾做了什麼，總之莫浩然確實聽得懂她說的話。

「喂，準備好。照著我說的話重複一遍，記得要冷靜、沉著，要是被看穿，你就死定了！」

傑諾語氣鄭重的警告著。

莫浩然實在很想大喊「別開玩笑」，面對這種人型怪物，他連自己能不能順利發出聲音都沒把握。然而，事關性命，現在已經沒有抱怨的空間了。

莫浩然先暗暗地深吸一口氣，然後盡量用平靜的語氣，複述傑諾在他耳邊所提示的話語。

「妳就是莎碧娜嗎？」

莎碧娜的眉毛微皺，看起來有些不愉快。

「閉嘴，低賤的傢伙。你沒有資格叫我的名字。」

莎碧娜並未訝異對方為何會知道自己的名字，也或許是她將那份訝異掩飾得很好。

「很有氣勢嘛，不過倒是沒什麼眼光。妳的眼珠大概是玻璃球吧？」

莎碧娜瞪著莫浩然。她的目光有如冰錐，冷漠又銳利，莫浩然第一次知道什麼叫「能夠致人於死的眼神」。

「如果想知道傑諾為什麼會召喚我，那就把我放出去。相信妳很快就會知道原因了，當然，前提是妳有這個膽量。」

莎碧娜的眉間開始沉澱怒氣，然而下一瞬間，她的眼中流露出了些許的訝異。

莫浩然的長髮逐漸飄揚起來。

那是傑諾所玩的把戲。

在無風的狀態下，由傑諾擬態出來的白色長髮宛如有生命似的，在半空中緩緩飄動。乍看之下就像是莫浩然使用了某種力量，才會產生這種奇異現象。

「就是現在，擾動元質粒子！不用顧忌什麼，接下來交給我就好！」

傑諾在莫浩然腦裡大喊。

粒子。

於是莫浩然先深吸一口氣，然後像先前做過的一樣，憑著自己的意志開始影響元質

意外的是，這次非常順利。

原本要花費極大力氣才能控制住的元質粒子，竟然很輕易的聽從莫浩然的指令。不僅如此，莫浩然能夠影響的範圍也變得更大，當初只能影響自身半徑三公尺而已，現在竟然一下子就突破了十公尺！

「繼續……更強……更遠……」

傑諾的聲音聽起來似乎很吃力，甚至出現了一絲顫抖。莫浩然連忙照做，他不斷地延伸操控範圍，最後竟將整間牢房的元質粒子都擾動了。

莎碧娜察覺牢房裡的異狀，臉色跟著變了。

「妳很幸運，銀霧的魔女。能夠讓我落入陷阱，實在不得不誇獎妳。」

莫浩然繼續複述傑諾要他講的臺詞。

「這個牢房實在做得很好，即使是我，一時之間也很難出得去。當然，沒有辦法讓妳見識一下我的能耐，也實在很可惜。我想妳是不會把我放出去的吧？不如，妳進來如何？」

「很有自信嘛。」

「或許只是虛張聲勢而已喲。」

莎碧娜沒有接話，只是一直瞪著牢房裡的莫浩然。過了數秒，她發出一聲冷哼。

「那麼，就把你關個一陣子，再看看你有沒有辦法虛張聲勢吧。」

「現在就確認豈不更好？」

「不用著急。讓你多活一段時間，算是我的慈悲。」

「妳怕了嗎？」

莎碧娜美麗的臉孔閃過一絲怒氣。

「銀霧的魔女呀，用不著那麼畏懼。或許我會輸給妳也不一定，不是嗎？在沒有真正交過手之前，勝負往往是未知數。不用害怕，進來吧！」

莎碧娜沒有理會莫浩然的挑釁，而是轉頭向身邊的另一名女子下命令。

「妳留下來看著他，不論發生任何事都不准離開。這是最優先命令。」

那名女子輕輕點了點頭。

由於剛剛被莎碧娜那強烈的威壓感所震懾，莫浩然直到現在才注意到另一名女子的存在。

那是一名戴著面具的女子。面具的造型猙獰，看起來威嚇感十足。

面具女子的身高與體形與莎碧娜相似，身穿黑色的軍服大衣，腰間佩著長劍。這名面具女子顯然是莎碧娜的貼身護衛，一眼就能看出不是好惹的角色。

「不用這麼麻煩吧？何必浪費人力，現在就把事情解決掉不是更好？」

莫浩然繼續照著傑諾的臺詞開口。雖然他個人是極力希望莎碧娜快點離開，不過這種話當然不可能真的講出來。

「不用擔心。」

莎碧娜望向莫浩然，露出美麗的微笑。

「我、莎碧娜——遲早會殺了你。」

有如摻雜了乾冰般的冰冷話語，同時蘊含著彷彿能夠壓垮聽者脊椎般的重量。莫浩然毫不懷疑這句話的可信度。少年十分確信，這個魔女是認真的，而且也絕對會實現這句話。

「你叫什麼名字？」

臨走前，銀霧的魔女開口詢問了。

「桃樂絲。」

順從大法師的耳語，少年回答了。

莎碧娜用眼角的餘光審視著牢房內的人影，然後發出了冰冷的微笑。

「是假名嗎？」

「妳認為呢？」

「是真是假都沒有關係。」

莎碧娜轉過身子。華麗黑服的披風隨著她的動作而揚起，乍看之下有如張牙舞爪的黑色闇影。

——那樣的姿態，讓人打從心底感到恐懼。

「下次見面，希望妳還能像現在這樣強硬，桃樂絲。」

留下令人戰慄的話語，銀霧的魔女離開了。

莎碧娜離開了。

面具女子留了下來，遵照莎碧娜的吩咐在柵欄外監視莫浩然的一舉一動。她的站姿筆挺，彷彿有一根棒子插在背部似的，予人一絲不苟的感覺。

至於身為被監視者的莫浩然則是裝作一副無所謂的樣子，慢慢走到牢房的最裡側。

「呼哈——」

然後他低下頭，大口喘氣。

「看來成功唬住她了。」

傑諾的聲音在腦中響起。

「……開什麼玩笑！」

莫浩然咬著牙，以不被外面的監視者聽見的音量低喊。

「那女的是怎麼回事啊！根本贏不了吧！」

何謂死亡的恐懼，莫浩然剛才確實見識到了。雖然剛才勉強克制住，但是現在他的雙手終於還是忍不住顫抖起來，憑藉著意志力所壓抑下來的反動，現在一口氣全部爆發了出來。

莫浩然在原來的世界，曾經親身體會過蛇哥恐怖的一面。黑道老大的壓迫感雖然非同小可，但與莎碧娜比起來，簡直就是小巫見大巫。

蛇哥所散發的，是會令心臟劇烈收縮的緊張感。

而莎碧娜所散發的，卻是直接貫穿心臟的死亡預感。

兩者間完全沒有可比性，根本就是不同次元的恐怖。能夠在莎碧娜面前一臉平靜的說出那些話，現在想來，連莫浩然自己都覺得不可思議。據說人類在面臨生死關頭，會爆發出前所未有的潛力，想來就是這個道理。莎碧娜具備的危險氣息，反而讓莫浩然超水準發揮。

「不，你很了不起。本來是不抱多大希望的，沒想到你能忍受莎碧娜的靈威，沒有魔力的人能夠做到這種地步，已經很厲害了。」

「什麼靈威？」

又冒出了奇怪的名詞。

「魔力的驅動根源於靈魂。為了應付突發狀況，高級魔法師在清醒時，靈魂會隨時與外界的元質粒子保持聯繫。這種聯繫以肉眼無法看見的形式向外擴散，進一步影響生物的生理機能與精神狀態，這就叫靈威。越是厲害的魔法師，靈威就越強、越無法抑制，原因是基於靈魂的……」

「給我暫停！那種讓人聽不懂的解釋先到此為止！」

莫浩然抱著頭，制止了傑諾那令人難以理解的冗長說明。

「接下來該怎麼辦？還有，你幹嘛取那種怪名字！桃樂絲？這算什麼啊！」

「當然要用假名，誰會笨到把真名告訴她。」

「我是男的耶！好歹也取個正常一點的吧，用那種女生的名字，一眼就會被看穿了。」

「這就叫心理戰。意外性的答案，反而會讓對方相信。放心，牢房裡面很暗，你看起來也不像男的，因為沒有小弟弟嘛，沒問題的啦！」

「就叫你不准再提小弟弟了！」

莫浩然不禁提高了聲音，接著他立刻捂住自己的嘴巴，用眼角餘光窺視柵欄外的看守者。

面具女子對莫浩然突如其來的叫喊毫無反應，彷彿不管牢房裡發生了什麼事都與她無關似的。那異常沉默的姿態，使她看起來就像是一尊用黑曜石打造出來的石像。

「現在怎麼辦？有那個面具女看著，逃跑不是更困難了？」

「是啊。有她在，我也沒辦法變回來。」

莫浩然抓住由傑諾擬態而成的長髮，試著扯了兩下，不過扯不動。

「喂，別拉！現在還在同調狀態，硬分開來的話，你可是會發瘋的！」

莫浩然嚇了一跳，連忙放開手。

「現在不是胡鬧的時候。我敢打賭莎碧娜那女人絕對不會給你飯吃，在餓死之前，還是想想要怎麼逃出去吧。」

聽見傑諾的警告，莫浩然不禁倒吸一口冷氣。

來到異世界卻活生生餓死，這鐵定可以被列入世上最搞笑的幾種死法之一。為了避免落入這種悽慘的下場，莫浩然立刻低頭苦思逃跑的方法。

該怎麼離開這裡呢？少年環顧四周，思考逃脫的方法。

在原來的那個世界，以逃獄為題材的小說與電影多不勝數，莫浩然努力回憶，想從那些作品中找出一絲靈感。遺憾的是，那些故事主角之所以能成功脫身，大多是經過長時間的籌畫與運氣，而莫浩然目前最缺的就是時間，沒有任何可以借鏡的地方。

莫浩然敲了敲牆壁，一點回音也沒有，堅硬厚實得讓人無話可說，就算想挖洞，恐怕也要花上十幾年吧。

「喂，傑諾，這間牢房好像沒有門耶，能從這點想辦法嗎？」

想了老半天，莫浩然只能想出這種不算點子的點子。

「不可能。需要我解講一下那種門的啟動原理嗎？」

傑諾則是爽快的打碎了莫浩然的思考成果。

莫浩然嘖了一聲之後，索性躺了下來。

少年已經領悟到了，在這個名為傑洛的世界，自己的常識與知識幾乎派不上用場。雖然有些抱歉，但思考的工作只能交給傑諾了。他唯一能想到的方法，就是從銀霧魔女身上著手，具體說來，就是再次誆騙她，好讓她把自己放走。

（怎麼可能……）

莫浩然忍不住搖頭。面對莎碧娜這種跟最終頭目沒兩樣的人物，能騙過她一次就已經是奇蹟。如果當時莎碧娜真的接受他的挑釁，自己早就變成死人了。莫浩然甚至覺得他這輩子的運氣搞不好已經用光了，想再騙莎碧娜一次，除非他能預支下輩子的分。

（如果是騙那個面具女呢？）

想到這裡，莫浩然忍不住看了牢房外面一眼。好吧，對方看來一副很難溝通、很不好騙的樣子，想來莎碧娜也不會蠢到找一個笨蛋來當護衛。

（姑且試試看？）

莫浩然還是決定試一下。

不知道能做什麼的時候，就先把能做的事做好，這是他的習慣。

「喂！我肚子餓了！有沒有東西吃啊？」

莫浩然放聲大喊。

面具女子毫無反應，像個石像般一點也不動的站著。

「我說我肚子餓啦，沒聽到嗎？還是說妳跟莎碧娜那個膽小鬼一樣，聽不懂人話是不是？」

莫浩然試著激怒對方，面具女子依然毫無反應。

接下來莫浩然開始痛罵莎碧娜與面具女子，辱罵技能可是不良少年的必修課程，莫浩然當然也對這項技能駕輕就熟，於是上至電影下至漫畫，莫浩然把他知道的、想得到的罵人臺詞全部用上了。

莫浩然足足罵了三十分鐘，面具女子卻始終無動於衷。

「好吧，算妳厲害。」

莫浩然深深嘆了一口氣，然後舉手投降。

※◆※◆※◆※

一座灰色的建築物孤獨的聳立於荒野之中。

從天空向下俯瞰，灰色建築物的外形就像是一個正方形的盒子。除了建築物的本體以外，四周看不到任何多餘的設施。

沒有圍牆、沒有花園，沒有道路，這裡什麼也沒有，就只有灰色的建築物。時值深夜，高懸夜空的四個月亮又大又飽滿，將大地染成一片銀白。兩名值夜的士兵蹲在灰色建築物外面，他們放棄了巡視的工作，聊著白天發生的事情。

「說真的，我完全被嚇到了！沒想到女王陛下會跑來這裡！」

「我也是。我還是第一次在這麼近的距離見到女王陛下。果然名不虛傳啊，當時我的腿都軟了。」

「嘿嘿，其實我也一樣。哎，這就叫大人物的氣勢吧？我連頭都不敢抬起來。」

懾於莎碧娜所散發的靈威，士兵們當時只敢低頭研究地上的石子與自己的鞋子，根本不敢直視他們的女王。

「當初被調來這個鳥不生蛋的鬼地方時，我還想說這輩子就這麼完了呢。沒想到竟然有機會能見到女王陛下，人生真是難說啊！」

兩人之中的圓臉士兵發出感嘆，旁邊的方臉士兵深有同感的點了點頭，然後開始發起牢騷。

「說什麼特殊監獄，結果從蓋好到現在沒有半個人被關進來。整天只能待在這裡吹風沙，這種日子他媽的再過下去，我都要瘋了。」

「噓！小聲點！」

圓臉士兵連忙捂住方臉士兵的嘴，一臉緊張的向後看。

「白痴，你不要命啦？女王陛下的護衛還在裡面！要是被她聽到，你就死定了！」

「放心，聽不到的啦！這裡隔音很好。」

「蠢蛋！你是魔法師嗎？魔法師究竟什麼事辦得到，什麼事辦不到，是我們這種人可以隨便亂猜的嗎？要是人家真的聽得到該怎麼辦！」

傑洛是由魔力所支配的世界。

能夠駕馭魔力的魔法師，以及無法觸碰魔力的凡人，根本是兩個不同世界的人。

對凡人來說，魔法師乃是神秘莫測、高高在上的存在，要是隨便招惹他們，只會為自己帶來無窮的麻煩。

方臉士兵似乎也知道自己太過輕率，小心翼翼的回頭看了一眼監獄，然後繼續低聲說道：「不、不過，既然女王陛下親自駕臨，就代表監獄準備要啟用了吧？女王陛下應該很重視這座監獄，一定會派其他精銳部隊過來看守，到時候我們就可以被調回去了。」

「我也是這麼想。只要再忍一陣子，這種苦日子就結束啦！」

兩名士兵開始在腦中編織起美好的未來。

這座特殊監獄「灰鎖」已經落成半年，自它蓋好以來，從未迎接過任何一名犯人。目前只有十二名士兵負責看守這座監獄，牢房區被嚴密封鎖著，就連這些士兵也沒辦法進去，他們能自由出入的地方只有最外側的生活區。

監獄外面是一望無際的荒野，最近的城市叫曼薩特，就算乘坐騎獸也要花上兩天，更何況監獄根本沒有飼養騎獸。

補給每十五天來一次，每次送來的只有最低限度的糧食與水。

這裡的士兵已經搞不懂這座監獄究竟是用來監禁犯人，還是用來監禁他們的了。半年來士兵們朝思暮想的，就是能夠早點離開這個鬼地方。請調令寫了一張又一張，能請託的關係也都請託了，但就是沒下落。

軍部那邊彷彿也知道看守這座灰鎖監獄是件苦差事，因此毅然犧牲了他們這些無背景、無後臺、無價值的三無小人物。如果不是莎碧娜駕臨，給了他們人事調動的一線曙光，恐怕遲早有人會自殺吧。

「話說回來，女王陛下為什麼把她的護衛留在裡面？難道裡面有什麼東西嗎？隊長親自送飯，也被人家擋在外面說不用。難道魔法師都不用吃飯？」

「白痴。說你見識少就是見識少，魔法師當然要吃飯，是人都要吃飯的。說不定女王陛下的護衛自己帶了乾糧進去。牢房區空了半年，連隻老鼠都不會有。說不定人家是在執行秘密任務。」

「什麼秘密任務？」

「就說是秘密了，我怎麼會知道。」

兩人對面具女子究竟待在牢房區做什麼，感到十分好奇，於是做了一些猜測，不過大部分都是禁不起質疑的無稽臆想。

要是他們知道那個「空了半年的牢房區」竟然不知不覺多了一個囚犯，恐怕會嚇到說不出話來。

「對了，你知道嗎？據說這座監獄的設計很奇怪。」

圓臉士兵換了一個話題。

「奇怪？」

「我也是聽隊長說的，隊長說是他上司講的，他上司好像又是從某個大人物的侍衛那邊聽來的，那個侍衛又是……」

「我操！說重點！重點！」

「哦哦，重點是——其實這座監獄，只有一間牢房。」

「啊？」

方臉士兵露出莫名其妙的表情。

「只有一間？牢房區很大耶！占了一半以上的面積耶！其他的空間要用來幹嘛？」

「不知道，所以才奇怪嘛。」

「等等，該不會這座監獄其實不是監獄，而是什麼秘密實驗場吧？只有一間牢房，總不可能那間牢房就占據了所有牢房區。這樣說來，女王陛下的護衛留下來也是因為……」

方臉士兵恍然大悟，像是發現了什麼寶藏一樣，聲音變得興奮起來，結果又被圓臉士兵捂住嘴巴。

「噓！噓！就說他媽的別亂講話了！你想死我還不想死！」

圓臉士兵用下巴指了指監獄，要同伴留意面具女子的存在。方臉士兵點點頭，然後壓低聲音。

「如果是這樣，老子調回去以後就可以向人炫耀啦！負責看守軍部秘密的部隊成員，嘖，聽起來太威風了！」

「白痴，回去之後也不能亂講話！要是上面那些大人物想保守秘密，你以為自己會有命炫耀？」

「呃……」

聽見同伴的警告後，方臉士兵一時間啞口無言。

這時，圓臉士兵抬頭望向天空。

並不是因為發現了什麼，他純粹只是想看看月亮而已。

今天是難得的全盈之夜，四個月亮全是滿月。

在這個什麼都沒有的地方，欣賞美麗的月光是值夜時少數可做的消遣之一。

於是，圓臉士兵發現到了。

「咦？」

其中一個月亮出現了黑點。

圓臉士兵揉了揉眼睛，以為自己看錯了。當他重新望向月亮時，赫然發現那個黑點變大了。

有什麼東西正從空中往這裡衝過來！

發現了這個事實的圓臉士兵，當場倒抽一口冷氣。

※◆※◆※◆※

莫浩然醒過來後，發現四周一片漆黑。

整間牢房被黑暗所籠罩，只有最上方的柵欄窗子漏出淡薄的銀色月光。望向牢房裡唯一的光源，莫浩然有些恍神，一時間搞不清楚自己現在正在哪裡。過了數秒，腦袋裡面的開關才切換到正常模式。

「傑諾？」莫浩然輕聲說道。

「什麼事？」

腦袋裡面響起了聲音。

莫浩然有些放心，又有些失望。他剛才冒出了這一切全都是夢的念頭，什麼大法師、異世界、魔女，全都是漫長夢境的產物，只要一醒來，自己就會回到地球、回到那間窄小的出租公寓、回到那張硬邦邦的木板床。

然而，這個念頭被傑諾的聲音瞬間抹滅，他已經來到異世界了，這才是毫無疑問的現實。

「現在幾點了？」

「不知道，不過你睡了八小時。」

「……還真夠久的。」

莫浩然打了個大大的哈欠。或許是因為補充睡眠的關係，意識變得很清醒。就像是將淤塞多時的水管被清通了一樣，總覺得現在的自己思路清晰，心情暢快，唯一的遺憾就是肚子餓。

莫浩然坐在地上，抬頭望向牢房窗外的月光。這時的他腦袋放空，什麼也沒有想。這種發呆狀態持續了好一會兒，然後莫浩然像是驚醒似的搖了搖頭。

「喂，傑諾。」

「幹嘛？想到逃出去的方法了？」

「沒有，只是想問一下，先前控制那個元質什麼玩意兒的時候，怎麼突然變得很輕鬆？」

「是元質粒子。」

傑諾糾正莫浩然，然後哼了一聲。

「你當然輕鬆，因為我將同調的等級提高了，硬是突破了牢房的封鎖。這間牢房的對魔防禦系統非常強大，只有展露出連這間牢房也無法壓制的力量，才能唬住莎碧娜。」

「能再來一次嗎？」

「沒辦法。之前那一次已經耗費很多力量，要是再來一次，我現在這個精神波投影會直接崩潰。」

「如果別搞得那麼大呢？弄點動靜，把那個面具女引進來，然後打倒她，逃出這裡。」

「……先不說能不能把她騙進來，你有打贏對方的把握嗎？」

對於這個計畫的可行性，傑諾表示嚴重懷疑。

「沒有。」

莫浩然坦率的回答，傑諾頓時無言以對。

「總比什麼都不做來得好。話說你好歹也是個大法師，能不能來點降攻降防法術？有控場類更好。只要讓那個面具女的動作停個一、兩秒，我或許有機會把她幹倒。」

就算身體被替換了，但莫浩然的打架技術還在。國中時代的他也曾面對過體格比自己壯碩的對手，但那些傢伙還不是照樣被他打趴。力量不如人有力量不如人的打法，秘訣是瞄準要害。

「降攻降防？控場？抱歉，我聽不懂你在說什麼。」

對於莫浩然的電玩術語，傑諾表示無法理解。

「不過，束縛物體的法術倒是有。只不過這種法術對那個面具劍士是否有效，我個人持保留態度。莎碧娜會選她當護衛，表示她的實力非同小可，我不覺得你有能力制伏她。」

「總是一個方法，只要——」

就在莫浩然繼續說服傑諾時，整座牢房突然震了一下！

與震動同時出現的，是沉悶的爆炸聲。

莫浩然嚇了一跳，立刻從地板上跳起來。爆炸聲來自外面，緊接著又傳來像是警鈴之類的刺耳聲音，其中混雜著微弱的喧譁聲。

「喂，怎麼回事？」

「不知道。聽起來像是監獄暴動？」

這間牢房的隔音很好，只能從牆壁上方的柵欄空隙聽到外面的聲音。聲音並不大，但已經足以讓人判斷出外界發生了「某種意外」。

「喂，傑諾！這不正是好機會嗎？」

莫浩然立刻激動起來。雖然不清楚外面究竟發生了什麼事，但綜觀古今中外的逃獄故事，混水摸魚絕對是非常重要的一招。

「……機會，是嗎？」

傑諾的聲音聽起來倒是很平靜，甚至可以說平靜過頭了。傑諾的反應感染了莫浩然，讓他激動的情緒冷卻下來。

「怎麼了？」

「我們才剛被關進來，牢房外面就發生騷動，你不覺得巧合過頭了嗎？」

「這個……」

下一秒鐘，一股巨大的爆破聲淹沒了他的回答。

強烈的震動與氣流將莫浩然整個人掀倒在地，因為爆破來自牢房另一側，所以他沒有受到什麼傷害。

莫浩然呆愣的看著對面。

只見牢房牆壁破了一個大洞，月光與煙塵從洞外靜靜地漫入洞內。緊接著，數道人形黑影敏捷地竄入牢房中，像是在尋找什麼似的左右張望著。

莫浩然的視線與這些黑衣人的視線對上，彼此都愣了一下。正當莫浩然還搞不清楚狀況時，其中兩個黑衣人便朝他衝了過來。

對方的速度快得不可思議，眨眼間就來到莫浩然面前，並且伸手抓住了他的雙臂。

——然而，抓住莫浩然雙臂的，只有黑影們的手掌而已。

就在黑衣人才剛觸碰到莫浩然，一道銀色的閃光瞬間介入了兩者之間。

銀色的光輝源自於銀色的長劍，而銀光俐落地斬斷了黑衣人的手腕。

面具女子的背影，映入了莫浩然的眼簾。

面具女子不知道用了什麼樣的方法打開柵欄，並以驚人的速度衝進來斬斷黑影們的手腕。

這時莫浩然終於看清楚黑衣人的真面目。這是一群戴著黑色面具，身穿黑色護甲的神秘集團。

這些入侵者一見到面具女子，便拔出狀似短劍的漆黑武器，極有默契地一湧而上，甚至就連那些被斬斷手腕的人也同樣撲了過來。

面具女子的對手總共有七人。

就算面具女子再怎麼厲害，恐怕最後還是會被殺掉吧？莫浩然心裡想道。

然而，這樣的預測被推翻了。

猶如在嘲笑莫浩然的想法般，下一秒鐘映入少年眼中的畫面，讓他感到毛骨悚然。為數眾多的一方，反而被壓制住了。

當入侵者的短劍與面具女子的長劍互斫之際，被逼退的總是那些入侵者，有好幾次甚至差點被當場斬殺。對方數次想要利用人數優勢，繞過面具女子的防線接近莫浩然，但是面具女子的長劍永遠搶先一步擋在他們面前，然後將其逼退。

見到面具女子那強悍的戰鬥姿態，莫浩然不禁倒抽一口冷氣。

明顯的，面具女子的實力比那些黑衣人強太多了。黑衣人能夠奮戰至今，全是憑藉著人數眾多與團體默契，但是這些優勢在面具女子的凌厲劍術下正一點一滴地被削弱。雙方的動作實在太快，莫浩然根本看不清楚，但至少他看得出，那群入侵者開始有人受傷了。

這場戰鬥讓莫浩然看得冷流直流。要是換成自己跟面具女子交手，恐怕一秒鐘就會被幹掉了。自己竟然計畫著要打倒她，現在想想還真是不知死活。

「是影伏。」

傑諾的聲音響了起來，他的語氣裡有著濃厚的驚愕。

「影伏？什麼東西？」

莫浩然反問。

「亞爾奈特殊隱密機動部隊『影伏』，潛行、暗殺、諜報等秘密任務的專家。他們明明是西之國的人，怎麼會在東之國出現？」

就在大法師思索之際，勝敗的局面也決定了。

面具女子揮舞長劍，將其中一名影伏的肩膀卸了下來。兩名影伏企圖從後方襲擊，但是卻被面具女子那迅如雷光的劍勢攔腰斬為四截。

其他影伏見狀紛紛後退，企圖重整態勢，面具女子卻先一步欺近他們面前，一口氣將三個人身首分離。最後一人舉起短劍刺向面具女子，但是反而被面具女子連人帶劍一同斬為兩半！

面具女子就這樣乾淨俐落的將七名入侵者殺死了。

撲鼻的血腥味與滿地的屍塊，重重敲擊了莫浩然的神經。只有恐怖電影裡才能看見的驚悚場面，如今化為活生生的現實。某種無法形容的感覺堵塞了少年的肺與喉嚨，在渲染了死亡的空氣中，就連呼吸都變得困難。

這不是幻覺。

在莫浩然面前，就這樣死了七個人。

這一瞬間，莫浩然確實的體認到了——自己正處於一個必須隨時面對殺戮的立場！

「快後退！」

傑諾的聲音猛然響起，將莫浩然的意識喚回了現實。

巨大的閃光染白了視野，空氣像是遭到撕裂般的呼嘯著，莫浩然被爆風吹倒在地，他忍住身體的劇痛，連忙從地上爬起來。

面具女子已經開始了新一輪的戰鬥，剛才的爆炸彷彿對她毫無影響似的。

牢房裡不知何時出現冒出一個新的黑衣人，正與面具女子進行激烈的交鋒。

黑衣人同樣是使用短劍，他的實力顯然比先前那些黑衣人更勝一籌，能夠與面具女子打得不分上下。長劍與短劍交織出斬殺的漩渦，每一次的劍鋒交擊，都會擦出明亮的火星。

這樣的狀態並沒有持續太久，面具女子逐漸占了上風。

武器越長越有優勢，這是戰鬥的常理。要推翻這個常理，就必須具備比對手更高一級的實力。

黑衣人雖強，但他的力量與速度並未大幅凌駕面具女子，因此形勢越發不利。

這時，面具女子斬出了至今為止最強力的一劍。黑衣人試圖擋下這一擊，但是武器反而被彈了開來，面具女子沒有錯過這個機會，對準黑衣人的胸口用力一刺。在這千鈞一髮之際，黑衣人及時猛力後躍。面具女子的長劍雖然刺中對方，但傷口並不深。

此時，黑衣人在半空中從後腰處取出了一枚手掌大小的圓筒，然後將它拋向了面具女子。

面具女子見狀，連忙用雙手護住頭部與胸部，但已經來不及了。

巨大的寒氣從圓筒內炸了開來！

空氣中的塵埃遭到凍結，化為無數紛飛的冰晶。面具女子也同樣被凍住，左半邊的身體被半透明的霜雪所覆蓋。

「那、那是什麼……？」

莫浩然為眼前的異變而訝異不已。

「冷凍魔彈。」

傑諾簡短的回答了。

就如往常一樣，是個讓人摸不清頭緒的答案。莫浩然並沒有繼續追問，因為眼前的戰況已經完全扭轉過來。

被封住半邊身體的面具女子顯然無法自由行動，這時黑衣人從同伴屍體手中撿起短劍，朝著面具女子衝了過去。

充滿殺意的鋒利劍刃，毫不留情地襲向面具女子的脖子。

就在面具女子即將遭到斬首的那一瞬間——

「——鎧化回路、解放。」

輕輕的，面具女子的聲音響了起來。

那一幕光景，恐怕莫浩然這一輩子都不會忘記。

彷彿咒語一般的短促發音，讓面具女子的身體綻開了光芒。四周颳起旋風，令人窒息的壓迫感以等比級數的方式迅速膨脹。就連黑衣人也被這股突然炸開的能量吹飛，原本的致勝一擊被迫中斷。

光與風的亂流僅僅持續了數秒。

當飛揚的塵沙平息時，面具女子的身影已經消失無蹤。

取而代之的，是一個穿著漆黑重鎧的威武騎士。

「武裝，完成。」

從騎士的面罩裡，傳來面具女子的聲音。

黑鎧騎士的出現，讓莫浩然與黑衣人震驚得說不出話來。

黑鎧騎士手中的武器並非原先那把銀色長劍，而是換成了更大更長的黑色巨劍。

嚴格說來，那並不能算是劍，因為它的外形太過簡陋了。

沒有劍鍔，也沒有劍柄，整體形狀看起來就像是一個巨大的長形鐵塊。鐵塊尾端有一處空洞，充當讓人雙手握持的部位。就算是再怎麼偷工減料的便宜劍，恐怕造型都比它來得洗鍊。那柄有如鐵塊的黑色鋼刃，充滿了讓人喘不過氣來的凶惡感，與其說是巨劍，不過稱為斧劍還比較正確。

「竟然搭載了魔操兵裝……而且這種靈威……」

傑諾的聲音顯得異常僵硬，同時混雜了濃濃的驚訝。

看著黑色的騎士，莫浩然的背上感到一陣惡寒。他不知道傑諾口中的「魔操兵裝」是什麼，可是他知道，眼前那個黑色騎士相當危險。

雖然不及銀霧魔女，但是黑色騎士的存在仍然足以使人窒息。在那不可思議的巨大魔力面前，連空氣都為之顫抖。

那股恐怖的壓迫感，源自於黑色騎士的靈威。

靈威——根源於靈魂，能夠影響生物運動機能與精神的魔力共鳴。越是強大的魔法師，其靈威的力量與範圍就越廣。

黑衣人的身體僵住了，黑色騎士所擁有的靈威，像是無形的繩索般將他牢牢捆住。

這時，黑鎧騎士行動了。

黑鎧騎士的鎧甲看起來非常沉重，但她的速度卻快得讓人難以置信。轉眼間，黑鎧騎士已經衝到敵人面前，揮劍斬向黑衣人。

黑衣人及時擺脫了黑鎧騎士的靈威影響，舉起武器接住這一劍。

下一瞬間，黑衣人手中的短劍被擊碎，身體則是向側面筆直地飛了出去，最後重重撞上牢房的牆壁。如此可怕的力量，跟先前的面具女子簡直判若兩人。這時黑鎧騎士追了過去，準備補上最後一擊。

黑鎧騎士迅如疾風的一劍，當頭劈向背靠牆壁的黑衣人。黑衣人已無路可逃，只剩下被斧劍砸碎這條路可走。

就在這時，黑衣人從腰帶夾層內取出了「某個東西」。

那是一枚類似水晶的多角錐結晶體，晶體內部閃爍著猶如星辰般的湛藍光芒。黑衣人就這樣直接拿著這枚水晶迎向斧劍，兩者相交的瞬間，爆發出強烈的閃光。

閃光褪去，然後出現讓人訝異的一幕。

黑鎧騎士的劍被擋住了。

黑衣人用右臂擋住了斧劍！仔細一看，可以發現他的右臂上突然冒出一個造型奇特的護腕。黑衣人似乎就是靠著這個護腕，得到了足以與黑鎧騎士相抗衡的的力量。

「果然有『金剛腕』，而且這種靈威……這傢伙層級很高啊……」傑諾喃喃自語。

黑衣人接住斧劍後，立刻發動了反擊。只見他旋轉身體，運用巧妙的步法衝到黑鎧騎士懷中，對著她的腦袋就是一拳。由於距離過近，黑鎧騎士根本來不及閃避，就這樣硬生生吃下這一擊。

當黑衣人的拳頭擊中黑鎧騎士頭部的瞬間，一道閃光同時炸了開來。衝擊波向外擴散，竟將附近的碎石全都震成了沙礫！黑衣人的這一拳，力量強得不可思議。

但是，完全沒用。

黑鎧騎士只是倒退了兩步，然後像是完全沒事一樣的重新衝了上來。

「嘖……」

眼見攻擊無效，黑衣人終於發出了焦躁的咋舌聲。

黑衣人已經明白了，自己與黑鎧騎士的實力差距太大。眼前這個敵人是他絕對無法獨力打倒的對手，再打下去只有死路一條。黑衣人矮身閃過斧劍的橫斬，然後立刻衝向牆壁上的大洞，打算逃離這裡。

就像面具女子變成黑鎧騎士後速度大增一樣，黑衣人的速度也因為護腕的關係而大幅提高。黑衣人算得很清楚，他的速度比黑鎧騎士還要快上一點，要脫身不是難事。

然後，黑衣人停了下來。

「咦……？」

黑衣人的視線往下移，然後看到了令他絕望的畫面。

理應握在黑鎧騎士手中的斧劍，竟然從自己的身體裡面伸了出來。鈍重的劍上沾滿了自己的血，甚至連內臟也一並帶出體外。黑衣人顫抖的轉頭，看見黑鎧騎士正站在身後不遠處，對自己擺出投擲的姿勢。

原來自己被敵人投出的武器貫穿了……在領悟這件事之後，黑衣人終於倒了下去。

戰鬥結束了。

黑鎧騎士獲得壓倒性的勝利。不論從哪個角度來看，這場勝利沒有任何一點僥倖的成分。力量、速度、技巧、裝備，黑鎧騎士在各方面都凌駕於入侵者。

莫浩然從頭到尾見證了這場戰鬥，也明白自己的想法太過天真。他引以為傲的打架技術，在「真正的廝殺」面前，不過是小孩子的扮家家酒而已。

少年在這一刻，親身體會到「戰場」是怎麼樣的一回事。

同時他也很清楚，自己絕對無法從黑鎧騎士手中逃走。

黑鎧騎士走到了黑衣人的屍體旁，伸手拔出自己的武器。在抽出斧劍時，黑衣人的屍體也跟著翻了過來。

「匡啷。」

死寂的戰場上，傳來金屬撞擊地面的輕響。

被翻過來的黑衣人屍體上，竟滾出了五枚之多的圓筒。

黑鎧騎士幾乎是想也不想的放棄了自己的武器，同時身體猛然後退，雙手交叉護住頭部。她的反應迅如電光，但在即將到來的災難面前，還是太慢了。

頓時，白灼的光芒覆蓋世界。

魔力的風暴撕裂了空間，摧毀所能觸及的一切物質。牢房垮塌，接著變成無數碎片，然後化為灰燼，最後被還原成最微小的粒子。黑鎧騎士根本無從閃躲，就這樣直接被捲入這場爆炸中。

爆炸的那一刻，莫浩然正好位於黑鎧騎士後方。

由於有高大的黑鎧騎士作為屏障，莫浩然躲過了爆炸的正面衝擊，但仍不可避免的受到波及。爆音麻痺了聽覺，強光剝奪了視覺，就連唯一剩下的觸覺，也只能感受到如同刀剮般的疼痛。

爆炸只持續了短短不到一秒，卻幾乎炸垮了整座灰鎖監獄。

引發爆炸的圓筒，其名為閃爆魔彈。

將大量魔力濃縮在特殊金屬製成的圓筒裡面，只要用魔力作為引線將其點燃，就能一口氣釋放所有魔力，造成巨大殺傷。一開始將牢房牆壁炸出大洞的，便是這種閃爆魔彈。

黑衣人臨死前點燃了五枚閃爆魔彈，就是為了留下名為同歸於盡的禮物，同時也將自己與同伴的屍體予以消滅。

荒野重新回復了屬於深夜的靜謐。月光溫柔地擁抱著已化為廢墟的戰場，剛才的爆炸就像是假的一樣，一切重歸平靜。

※◆※◆※◆※

一頭巨大的有翼怪獸正在空中盤旋。

這頭有翼怪獸名叫刺棘翼蜥，是亞爾奈軍用飛行騎獸，具有一定程度的智能。牠看到監獄崩塌，但無人從廢墟裡出現，便主動降落，想知道究竟發生了什麼事。如果找到任務失敗的證據——也就是影伏們的屍體，牠會將其吃掉，然後直接飛回亞爾奈。

刺棘翼蜥覺得奇怪，因為牠找不到影伏的屍體，只看到兩個人躺在廢墟裡面。

這兩人正是莫浩然與面具女子。

不知是否因為爆炸的關係，面具女子的重鎧形態被解除，變回了原來的模樣。奇特的是，她看起來不但沒有受傷，甚至連身上的黑色大衣也絲毫無損，只有面具裂開來而已。

然而要說奇特，莫浩然卻更在面具女子之上。

由於爆炸，他的衣服被燒毀，完全是赤身裸體的狀態。

所以——才看得出他的異常。

莫浩然沒有受傷。

即便有面具女子充當屏障，莫浩然也無法完全逃離魔力的餘波，就算因此斷掉手腳都有可能。但是莫浩然的身上卻一點傷也沒有，皮膚白皙無瑕，甚至在月光的照耀下隱隱發光。

刺棘翼蜥很疑惑，基於有限的智力，牠無法理解為什麼影伏們會消失，只有兩個莫名其妙的人留下來。

牠記得很清楚，影伏們先是乘著牠的身體急襲監獄，然後很快殺掉了所有的看守士兵。後來因為牢房區的門打不開，影伏決定從監獄另一側爆破牆壁，以免有人在門後埋伏，接著……就變成眼前這樣子了。

刺棘翼蜥思索了數秒，決定採取最簡單的方法——把這兩人吃掉，然後回去覆命。

刺棘翼蜥決定先從那個莫浩然開始吃起。

牠一個踏步走到了目標面前，然後一邊低下頭，一邊張開大口。牠的嘴巴裡面長滿

倒勾狀的利齒，在月光下閃閃發光。

「——我已經不知道，究竟是誰要來救誰了。」

突然間，刺棘翼蜥聽到了一句充滿自嘲之意的聲音。

與這道聲音同時出現的，是劇烈的衝擊！

轟的一聲，刺棘翼蜥的身體整個倒飛出去，就像是被一輛看不見的大卡車高速衝撞

似的。牠在地上滾了好幾圈，有如西部片裡常見的風滾草一樣，飛出將近一百公尺的距

離後才停下來。

刺棘翼蜥憤怒的爬起來，雙眼充血的瞪著讓牠如此狼狽的對象。牠看見那個有著一頭白色長髮的渺小人類也同樣站了起來，不甘勢弱的回瞪著自己。

刺棘翼蜥不知道剛才究竟發生了什麼事，但是牠知道自己被攻擊了。眼前這個白髮人類，已經不再被牠視為食物，而是敵人。

「嘎啊啊啊啊啊啊啊！」

咆哮著，刺棘翼蜥衝了過去。牠甩動長頸，以撕裂一切的氣勢咬向目標。

「哎，刺棘翼蜥嗎？如果能用來代步的話就好了。」

就在刺棘翼蜥即將咬中白髮人類的瞬間，牠聽見了對方的自言自語。

然後……就沒有然後了。

刺棘翼蜥的頭與身體分了開來。傷口的斷面非常平整，就像是被利物切割過一樣。這種有如魔法般的手段，絕非普通人能辦到的。

「可惜呀，現在的我沒餘力用靈威慢慢馴服你，所以還是永別了吧。」

莫浩然……不，應該說是借用了莫浩然身體的傑諾，用遺憾的口氣如此說著。

眼見情況緊急，傑諾不得不暫時接管莫浩然的身體處理眼前的威脅。在監獄被摧毀後，原本那些封印措施也跟著失效，所以傑諾能夠輕鬆的調動大氣中的元質粒子，運用魔力擊殺刺棘翼蜥。

「受不了，又搞了一次高度同調，這樣下去會很麻煩啊，真是。」

占據了莫浩然身體的傑諾搔了搔頭，一臉困擾的樣子。

靈魂同調是一種很危險的技巧，一個不小心，彼此的意識就會開始互相融合，輕則記憶交流，重則忘卻自我。身為大法師的傑諾，靈魂的力量比莫浩然強得太多，目前的精神波投影雖然只有他原來一小部分的力量，但也不是莫浩然可以匹敵的程度。

這種同調要是再多來幾次，莫浩然的靈魂很可能會直接被傑諾「吃掉」。

「莎碧娜，妳可真是給我找了一個大麻煩……」

傑諾一邊低聲呢喃，一邊思索接下來該怎麼辦才好。

追根究柢，一切還是那位雷莫女王害的。

在傑諾原本的計畫中，他只要找一個力量不用太強的生命體把自己放出來就行了。傑諾已經推算好召喚成功之後的事情，先讓莫浩然去拿「鑰匙」，然後再把自己放出來，這段路程或許不會太平靜，但也不會有什麼太大的危險。

然而，莎碧娜出手干涉，傑諾的計畫完全被打亂了。

莫浩然的存在已經被察覺，他將面對比現在更加嚴重千百倍的險境。光憑莫浩然的力量，根本不足以對抗這些危險，但傑諾又不能經常出手幫忙，否則莫浩然的下場跟死差不多。

「該怎麼辦才好呢……」

傑諾一邊苦思，一邊來回走動。

乾脆解除契約算了？傑諾想到這個一勞永逸的辦法。

單方面解除契約，自己也要付出相當程度的代價，但總比現在這種幾乎無解的狀況來得好。

契約一旦解除，莫浩然的靈魂就會回歸原來的世界，重新迎接瀕死時刻。雖說有些對不起莫浩然，但再這樣下去，莫浩然同樣必死無疑，與其這樣，還不如早做決斷。

「……咦？」

就在傑諾準備解除契約時，他突然察覺到一件奇怪的事情。

「這小子沒有受傷？」

傑諾低頭審視莫浩然的身體，發現竟然一點傷口也沒有。

「被捲入那樣的爆炸，卻沒有受傷？怎麼可能……」

在黑衣人引爆魔彈的那一瞬間，莫浩然的意識是清醒的，監獄也還沒有毀壞，所以傑諾根本來不及出面。換言之，莫浩然就算不被炸得粉身碎骨，也應該渾身是傷才對。

為什麼？究竟發生了什麼事？傑諾思索了好一會兒，然後想到了某個答案。

「……次元飄流物質？」

傑諾將莫浩然靈魂召來這個世界的同時，順便用飄流在於次元縫隙的黑暗物質塑造了莫浩然的身體。因為當初只想著很快就可以把封印解開，所以塑造身體的時候沒有太講究，否則也不會搞出把小弟弟省略掉的蠢事了。

現在看來，傑諾臨時想到的權宜作法收到了意料之外的效果。

莫浩然當時能夠對抗莎碧娜的靈威，搞不好也是這具身體的效果。

「……看來也不是完全沒有希望。」

傑諾露出微笑。雖然還沒有弄懂肉身無損的原理，但可以確定的是，莫浩然至少有了可以對抗危險的本錢。

接著傑諾走到面具女子旁邊。

面具女子看起來也沒受什麼傷，但傑諾對此並不驚訝。

強力的魔操兵裝的確可以完全防禦住剛才那場爆炸，根據傑諾的觀察，面具女子手中的魔操兵裝相當高級，不可能毀於魔彈。

傑諾的目標便是面具女子手中的魔操兵裝，也就是讓面具女子變身成黑鎧騎士的那個「原因」。

傑諾開始對面具女子搜身，卻遲遲找不到想找的東西，這讓傑諾有些困惑。

「……竟然沒有封魔水晶？」

所謂封魔結晶，就是黑衣人當初所拿出的多角錐結晶體。魔操兵裝是一種使用起來相當耗力的東西，平時大多被保存在封魔水晶裡，必要時才會將其釋放。面具女子既然擁有魔操兵裝，那就一定也有封魔水晶，但傑諾卻怎麼也找不到。

就在傑諾翻動面具女子的身體時，原本就已經破裂的面具因為震動而掉落。傑諾隨意的看了一眼，然後當場愣住。

藏在面具底下的，是一張少女的臉孔。

少女的容貌非常美麗，然而讓傑諾愣住的，卻是別的東西。

少女的臉，竟然長得跟莎碧娜一模一樣！

那已經不只是「極為相似」的程度，而是到了「完全相同」的境界。少女的五官與臉型跟莎碧娜完全相同，唯一不同的，是她的樣子看起來比莎碧娜略微年輕。

要是兩人站在一起，就算被認為是姐妹也不奇怪。但是傑諾很清楚，莎碧娜沒有妹妹。

「……原來如此。」

經過數秒的沉默，傑諾吐出了沉重的聲音。

「特殊強化人造兵，真的完成了……」

傑諾仰起頭，表情滿是痛苦。

「妳知道妳自己究竟做了什麼事嗎？莎碧娜……」

傑諾的嘆息是為了什麼，此時此刻沒有人知道。

傑諾的痛苦是源自什麼，此時此刻沒有人知道。

唯一可以知道的是，在傑諾眼中，面具女子的存在已經接近「禁忌」了。

傑諾仰望月亮，陷入長久的沉思。

荒野重拾寧靜。

夜風吹起。

然後——

「……就算是錯誤的東西，也可以作為導正錯誤的道具。」

——傑諾發出了這樣的呢喃。

傑諾蹲下身，右手緊貼面具女子的額頭。

緊接著，傑諾的身體開始發光。

元質粒子受到了意志的牽引，開始排列、震動、共鳴，然後放射出洶湧澎湃的魔力。

魔力被灌入面具女子的腦中，在傑諾的操縱下，開始進行記憶改寫的工作。

數分鐘後，傑諾放開了手，表情滿是疲憊。

「哼，我也真會自找麻煩。竟把好不容易積蓄下來的力量用在這種事上面。」傑諾自嘲的說道。

「接下來就交給你了。一定要成為勇者啊，少年。」

傑諾的這句話，沒有人聽得到。

那道聲音殘留在沉靜如水的黑夜中，最後被風吹散，不留一點痕跡。

出勤日 03

一級通緝犯的誕生

隨著年齡的增長，人們往往得到了許多東西，但也會跟著忘記許多東西。其中最容易被忘掉的，恐怕就是「不可思議」這樣形而上的事物了吧。

剛出生的嬰兒，對於這世上的一切都感到好奇。每個東西對他們來說都是嶄新的事物，每個東西看起來都是那麼不可思議。一旦長大了，那種驚喜與感動也慢慢變得稀少與淡薄。然而，只要變換環境，來到一個全然陌生的地方，那種覺得每件事情都很不可思議的感覺，又會像失散多年的好友一樣重新回來拜訪自己。

關於「變換環境」的定義——當然也包括「被召喚到異世界」這件事。

莫浩然自認已經做好了接受種種不可思議之事物的心理準備，但無論如何，眼前這件事實在太過誇張。

「……抱歉，你剛剛說的那些事，我有點……可以等我一下嗎？」莫浩然摸著額頭，一臉苦惱的對腦中的傑諾說道。

「嗯？當然沒問題。」傑諾爽快的回答。

莫浩然閉上雙眼，做了數次深呼吸，接著他睜開眼睛，指了指自己的身體。

如今莫浩然身上不再是赤身裸體，而是換上了一件比較像樣的淡藍色制服。布料比起剛開始的那件粗布上衣好一點，而且多了衣領，下半身也換成了同色褲子，還多了一雙黑色鞋子。

「……首先，你說那場爆炸發生的時候，你及時出現救了我，可是衣服被燒掉了，所以你幫我找了一件換上去。」

「嗯。那件衣服是牢房士兵的，他們被影伏殺掉了，屍體就在那邊。啊！放心，不是從屍體身上脫下來的啦！放心好了。」

接著莫浩然指了指自己的白色長髮。

「……然後，你說你因為耗費太多力量，暫時無法變回來了。」

「啊啊，要過一陣子才行。我也不想一直待在你頭上，但沒辦法，這段時間還請多多指教。」

「……雖然有點煩，但還可以忍受。然後——」

莫浩然猛然指向站在不遠處那位一直瞪著自己看的少女，聲音也跟著拉高。

「你跟我說這個長得跟莎碧娜一模一樣的女生，就是之前那個面具女，而且她不是人？」

「沒錯。她是強化人造兵，透過人工手段培育出來的生物兵器。我猜莎碧娜是用自己作為藍本，才會造出跟她長得一樣的強化人造兵。只是不知道是不是連靈子鏈也一樣？是的話，那就很恐怖了。」

「然後——你說這個女的因為先前那場爆炸，所以腦子壞掉了。」

「正確的說，是記憶混亂。強化人造兵是很精密的東西，在極近距離下一口氣挨了五枚閃爆魔彈，不可能完全沒事的。試著想像一下吧，把雞蛋裝進堅固的箱子裡，然後再把它摔到地上，就算箱子完好如初，但是裡頭的雞蛋還是會破裂。」

「不會裝泡棉啊！」

「泡棉？那是什麼？啊，你是指緩衝物嗎？唔，也對啦，但要是衝擊力大過緩衝物的吸收力，雞蛋還是會破的。總之，因為閃爆魔彈的衝擊下，這個強化人造兵雖然外表沒事，思考回路卻受損了。具體的說，她似乎誤解了莎碧娜的命令。」

「誤解？」

「嗯。當初莎碧娜的命令是『看好你，不論發生任何事都不准離開』對吧？她現在就是在監視你。她不會對你出手，只會一直監視著你而已，換句話說，你依然可以自由行動。」

「哈、哈哈……」

莫浩然一邊發出乾笑，一邊用手捂臉。

劇情實在太過超展開，套用某部知名作品的經典臺詞——他不知道這個時候該做出什麼表情才好。這種發展已經無法用不可思議來形容，簡直就是神明的惡作劇了，前提是這個世界有神明的話。

「一覺醒來，整個情況就大逆轉……這要是漫畫，老子一定給它撕書……」

「嗯？怎麼你看起來好像很不滿？危機解除了，這不是好事嗎？」

莫浩然無力的垂下肩膀，大大嘆了一口氣。

「不是不滿……只是……該怎麼說，太過突然，一時無法接受……」

雖然是好事，但這種突然憑空出現的好事，反而會讓人感到不知所措。

彩券中獎是好事，因為知道中獎的原因在於自己買了彩券，所以能夠純粹的感到喜悅。升級加薪也是好事，因為知道升級加薪的原因是自己工作努力，所以能夠純粹的感到喜悅。

但如果有一天，有人突然衝過來把一筆錢塞給你，然後轉身就跑的話呢？在感到喜悅之前，最先萌生的情感必定是困惑，然後是疑懼。現在的莫浩然就是如此，他覺得這一連串的發展實在順利得有些可疑，簡直就像是有人準備了什麼陰謀要對付自己似的。

「我大概可以理解你在糾結什麼啦……不過現在可不是在意這些的時候。你該不會以為你已經沒有危險了吧？」

「嗯？」

「嗯什麼嗯啊！這裡的事遲早會被人發現，到時莎碧娜很可能會親自殺過來啊！說不定她今天就會來了！你還傻傻待在這裡，找死嗎？」

「臥槽！」

莫浩然嚇得差點跳起來。因為一口氣接收了太多的資訊，害他腦袋一時間沒轉過來。沒錯，現在可不是能夠悠閒的坐在這裡調適心情的時候。要是那個跟最終 BOSS 沒兩樣的女人真的出現，那就一切完蛋！

「別慌張。這裡可是荒野，最近的城市也不知道有多遠，匆忙上路只會害死自己。先冷靜，然後找一下這裡有沒有水或糧食，把可以帶走的東西統統帶走。」

傑諾像是野外求生訓練營的教練一樣，告訴莫浩然接下來該做什麼事。

莫浩然照著傑諾的指示，開始在已成廢墟的監獄裡面努力翻找物品。他找到了好幾具屍體，那些是被影伏殺掉的士兵。莫浩然還是第一次在這麼近的距離見到死屍，他強忍著胃部的不適，從這些屍體身上搜索有什麼可以用的東西。因為沾血與破損，這些衣服與鞋子都不能用，但是他找到了一些錢。

莫浩然找到了兩種圓形錢幣，一種是灰色，數量較多；一種是銀色，數量極少。傑諾說灰色錢幣叫夸爾特，銀色錢幣叫銀夸爾，兌換比率是六百比一。莫浩然找到的灰幣不到一百枚，銀幣只有兩枚，他不清楚這個世界的物價，所以無法判斷這些士兵到底算不算窮。

接著莫浩然找到了糧食與水，雖然被石塊壓壞一大半，但還有三分之一可以用。最後他又找到四套士兵制服，還有幾把劍。關於廢墟的收穫僅止於此，或許搬開落石可以找到更多，但莫浩然沒有那個力氣，也沒有時間。

相較之下，刺棘翼蜥的屍體才真的是大豐收。

刺棘翼蜥是影伏的交通工具，身上理所當然的載著必要的補給品。莫浩然在刺棘翼蜥的背上找到兩個大皮袋，裡面有藥物、食物、武器，以及各式各樣的器具，例如鍋子、繩索、燃料等等，不過沒有錢。莫浩然只是大略瞄了一眼，沒有仔細察看。

莫浩然有一種自己正在砍怪撿寶的錯覺。打倒怪物或敵人，然後從對方的屍體身上取得戰利品，這是電玩遊戲的醍醐味之一。這段過程聽起來很吸引人，但實際做起來卻不是那麼有趣，至少對莫浩然來說是這樣。

看到士兵與刺棘翼蜥的屍體，莫浩然確切的感受到何謂死亡。他不會對這些人的死去感到惋惜、感嘆、悲傷，但也無法為此開心。一言以蔽之，就是不舒服。

「接下來，這堆東西該怎麼辦呢……」

看著眼前這一大堆行李，莫浩然有些煩惱。

他的體力已經變得大不如前，手邊沒有代步工具，揹著這麼重的行李，別說離開這片荒野了，根本是走沒幾步路就會累垮。看來還是要先挑一下，把暫時用不太到的東西扔掉吧，莫浩然心想。

「什麼怎麼辦？」

傑諾似乎完全無法理解莫浩然的困擾。

「我在想要怎麼帶走。」

「直接提走就行啦。」

「廢話，這很重耶！你行你來提！」

「唉，你腦袋怎麼轉不過來呢？看來你只會在一些奇怪的細節上面變得敏銳而已。」

「啊？」

那種把人當白痴看的語氣，讓莫浩然聽得有點不爽。就在他考慮要不要試看看把這傢伙硬扯下來時，傑諾繼續說下去。

「現在我們還處在同調狀態。雖然同調率不高，但現在你也算是魔法師了。」

「什麼意思？」

「意思就是叫你用魔力提行李。」

「用魔力提行李？」

莫浩然聞言先是愣了一下，然後想了想，發現這招好像可行。於是他集中精神，像在之前牢房裡一樣，看見了瀰漫於大氣中的無數光點。

在莫浩然的操控下，元質粒子開始聚集、震盪，接著產生名為魔力的能量。在魔力的拉扯下，地上的行李有如離弦之箭猛然射向天空。

「輕一點！不要用拉的，用托的、用托的！」

在傑諾的指導下，莫浩然總算學會如何控制力道。他先用魔力塑造出一個浮空平臺，再將行李放在魔力平臺上，乍看之下，行李就像是飄浮在空中似的。只要一個念頭，魔力平臺就會跟著莫浩然移動，根本不用費力。唯一的麻煩在於莫浩然必須隨時分出一部分的注意力在行李上面，以免魔力潰散、平臺消失。

「魔法師還真方便耶。」

莫浩然不禁讚嘆。

「所以傑洛才會是一個由魔力所支配的世界。」

傑諾回答，聲音聽起來並沒多少得意。

出發前，傑諾建議莫浩然最好先吃點東西再出發。傑諾這麼一提，莫浩然才想起來自己已經一整天沒有進食，此時肚子也像是在附和傑諾一樣，發出了咕嚕咕嚕的聲音。

在影伏的行李袋裡，莫浩然挖出了乾糧與水壺。乾糧是茶色的圓餅，光外形就讓人覺得這玩意兒的味道無法期待，而事實上也的確是這樣沒錯。

莫浩然把圓餅乾糧掰成兩半，把其中一半舉到頭頂。

「喏，拿去。」

「我不用了。精神波不用吃東西的。」

「那本體呢？」

「哦，你越來越進入狀況了嘛，竟然想得到這種事。不用擔心，身體正在沉睡，那就跟假死狀態沒兩樣，所以不需要補充營養。」

「……那麼，那個呢？」

莫浩然指的「那個」便是身後的少女。

當莫浩然搜索廢墟的時候，少女一直站在旁邊遠遠看著，既沒有幫忙，也沒有嘲諷，宛如石像般佇立不動。就像傑諾說的一樣，她真的只會「監視」而已。

「唔，我想應該是不用吧？沒聽過兵器需要吃飯的。」

「你說她是什麼生物兵器，可我怎麼看都覺得她像人類啊！你該不會搞錯了吧？」

「少年，不要光憑外表來判斷事物。就像你現在一樣，既像男的，又像女的，事實上卻是不男不女。」

「……你欠揍是吧？」

「如果不確定的話，那就直接問她吧。」

「咦？我去問嗎？」

「當然，她又聽不到我說話。」

傑諾一副事不關己的口氣。

於是莫浩然舉起手中那一半的圓餅乾糧，對著少女喊道：「喂，妳要吃嗎？」

少女面無表情的看著莫浩然。莫浩然以為自己太小聲，於是又喊了一遍。少女依舊無動於衷。

「臥槽，完全不理人？」

「因為她收到的命令是『監視你』，而不是『跟你說話』的指示吧。」

這種一板一眼的態度確實有點非人類的感覺。於是莫浩然聳了聳肩，匆匆把難吃的乾糧混著水一起吞下肚。在死人堆裡吃東西，這種經驗莫浩然還是第一次，但因為實在太餓了，最後還是把東西全部吃光。

「好，出發吧！接下來往哪邊走？」

莫浩然擦了擦嘴，然後向傑諾問道。

「精神不錯嘛。」

「廢話，因為吃飽了。」

「好，保持這股氣勢前進吧！」

「所以我問你往哪裡走啊！」

「我怎麼會知道？」

「……啥？」

「我根本不知道這裡是哪裡，怎麼知道往哪邊走？」

莫浩然聞言不禁一呆，接著一股怒火頓時沖上心頭。

「臥槽！你這個大法師也混得太失敗了吧！連個路都不會帶！」

「是不是大法師跟認不認得路沒有關係。」

「廢話！不管怎麼樣，好歹給個方向吧！對了，你被關在哪裡？往那個方向走不就得了！」

莫浩然自認提出了一個好點子。

「……你的腦袋沒問題吧？」

結果卻聽見傑諾用憂心重重的聲音對他這麼說。

「你什麼意思！」

「把我放出來是遠期目標，近期目標應該是尋找下一個可以獲得補給的地點才對。像你那樣亂走，可能一輩子也找不到有人煙的地方。你認為那點行李可以讓你撐多久？」

「那怎麼辦？行李……對了，行李裡面或許有地圖？」

莫浩然連忙打開魔力平臺上的袋子，裡面盡是一些看也看不懂的東西，只能靠傑諾辨識。莫浩然翻找了好一會兒，傑諾給出的答案卻他令人失望——雖然有羅盤，但沒有地圖。

「這間諜也真他媽不專業！連張地圖也沒有，還出來混個屁啊！」

莫浩然破口大罵，把責任推到已經不在人世的影伏們身上。

少女。

「沒辦法，只好問人了。」

「問人？」

莫浩然一時聽不懂傑諾說的是誰，接著才意會到他指的正是那位在一旁監視自己的少女。

「你說她？她不是不肯跟我們講話嗎？」

「那是你不會說話。用那種口氣請女孩子吃飯，鬼才理你。」

莫浩然有一種想把頭髮燒掉的衝動。

「好吧，讓我教教你什麼叫做跟女孩子搭話的真正方式。來，照著我說的話說一遍。」傑諾用一種彷彿自己是搭訕權威般的口氣說道。

莫浩然雖然聽得有點不爽，但也知道現在不是計較這種小事的時候，於是他將這份不爽深埋於心，準備等到有一天傑諾變回小狗模樣的時候再報復回去。

「在搭話之前，我們必須透過各種途徑去觀察，確認對方究竟是哪種類型的女孩子。很明顯，眼前這位連人都算不上的少女，是個嚴肅正經、認真古板的類型。看起來似乎很不好對付，但其實她也有弱點，而且十分明顯。」

「弱點？她？」

莫浩然對這番話實在不敢苟同。眼前這位少女簡直就是人型乾冰，不管對她說什麼、在她面前做什麼，永遠都是那副表情。

「所以說你不行啊，她的弱點當然就是莎碧娜。」

「那個最終 BOSS？」

「喏，『我要去找莎碧娜，她在哪裡？』——你先這麼跟她說。」

抱著姑且一試的心情，莫浩然對少女複述了這句話。少女直直地看著他，沒有任何反應。

「——莎碧娜大人在巴爾汀。」

就在莫浩然準備嘲笑傑諾時，少女突然開口了。她的聲音讓人聯想到初冬凍結的泉水，冷冽清澈。

還真的有反應啊！莫浩然忍住吐槽的衝動，繼續複述傑諾的話。

「這裡是哪裡？」

「灰鎖監獄。」

「好吧，換個問法。最近的人類城市叫什麼？在哪個方向？」

「曼薩特，南邊。」

「曼薩特啊，我知道了。走吧，少年，不，這句不用說，哇靠我在講什麼啊！」

莫浩然自我吐槽，然後操縱飄浮的行李，讓它們尾隨自己。少女同樣默默地跟了上來。

※◆※◆※◆※

前進的路上，傑諾不時為莫浩然灌輸關於這個世界的常識。

這個世界叫「傑洛」，是一個由魔力所支配的奇妙世界。

所謂的魔力，指的乃是散布於大氣之中、存在於所有物質之內，由一種名為「元質粒子」的東西所反應變化而成的能量。「元質粒子」的存在，近似於古希臘哲學家所提出的「乙太」之概念。藉由魔力的操縱，就連逆轉物理法則或干涉自然現象之類的奇蹟，也能夠輕易辦到。

魔力的有無，其實只是一種相對的形容。事實上，每個傑洛的生物都具有魔力，因為構成魔力的元質粒子原本就存在於萬物之中，如果將它稱為森羅萬象的基礎因子也不為過。

然而，並非所有傑洛人都能夠操縱魔力。

魔力的驅動根源於靈魂，唯有少數擁有強韌靈魂的生物，才能夠引發元質粒子的變化，進而駕馭魔力。

如果本身擁有魔力，但是卻無法使用的話，那麼就跟沒有魔力是同樣的道理。

能夠駕馭者，即為「有」。

無法駕馭者，即為「無」。

於是，這些具有駕馭魔力之資質，能夠行使各種奇蹟、違逆自然法則的人們，被冠上了「魔法師」的頭銜。

在遙遠的過去，魔法師混雜於人群裡，默默地隱藏著自己的能力。相對於沒有魔力的多數人而言，這些為數稀少的魔法師被視為異端。在當時，魔法師算是弱勢的一群。

然而，魔力存在於萬物之中。能夠驅使魔力，就等於掌握了支配萬物的能力，因此隨著時間的推移，魔法師的勢力越來越壯大。不知從什麼時候開始，魔力被視為權力的象徵，就連歷史也跟魔力畫上了等號。所謂的科技，變成了「以魔力作為主導的技術」，單純依循著物理法則而進化的文明已經被捨棄了，取而代之的，乃是大幅躍進的魔導技術。

到了最後，魔法師甚至成為戴上王冠的必備條件。擁有最強魔力的人，才有資格成為一國之主。

在這個時代裡，傑洛總共有四個國家——

東之國的雷莫。

南之國的艾芬。

西之國的亞爾奈。

北之國的夏拉曼達。

這四個人類國家的領導者全都是擁有最高水準的魔法師，巧合的是，這四位魔法師也全都是女性。

「被四個女巫所統治的世界啊……果真有異世界的風格。」

聽完傑諾的說明後，莫浩然不禁感嘆。

「那你呢？你不是大法師嗎？」

「哎，我是無欲之人吶。統治啦、征服啦什麼的，實在太麻煩了。我的心靈才不像她們一樣被俗世的欲望所蒙蔽，這就是人品高潔的象徵。」

「聽你胡扯。」

莫浩然與傑諾就這樣一邊閒聊一邊前進。

傑洛也有四季之分，與地球不一樣的是，這裡一年有十六個月。現在正值春季，因此天氣並不炎熱，但徒步旅行依舊是一件非常消耗體力的事。傑諾說只要到了城市，就可以買頭騎獸作為代步工具，讓莫浩然有些期待。

離開監獄廢墟之後，大約經過了兩小時，傑諾建議莫浩然停下來休息。

「長途旅行時，體力的分配很重要。尤其你又是一邊消耗魔力一邊走路，體力會消耗得比以往更快。」

聽傑諾這麼一說，莫浩然確實覺得很累，他原以為是這具身體體力太差的關係。莫浩然當場一屁股坐到地上，精神一鬆懈下來，魔力平臺也跟著消失。

後面的少女也停下腳步，她看起來一點都不累。莫浩然越來越相信這女的不是人了。一開始他還以為少女是在逞強，以過人的耐力忍住飢渴，但後來發現根本不是那麼一回事，少女真的不用吃喝。

一般說來，生物的活動越激烈，就越需要補充相對應的能量，沒有進行任何營養補給就能夠存活的生物，理論上是不可能存在的。就連機器也是如此，沒有補充能源就動不了，所謂的永動機只存在於科幻小說。如果少女真能不吃不喝就一直活動下去，那麼她不僅不是人類，甚至已經算不上生物了。

「話說回來，要是二十天後還找不到城市的話該怎麼辦？」

莫浩然喝了一口水，然後對傑諾問道。

根據少女的說法，南邊有一座名為曼薩特的城市，但她不知道曼薩特離灰鎖監獄有多遠。少女當初是跟莎碧娜一起搭乘浮揚舟，直接從首都巴爾汀飛過來的。曼薩特這個城市少女也是只聽過沒去過，因此究竟要花幾天才能走到曼薩特，莫浩然與傑諾根本無從估算，為了保險起見，一切從最壞的角度去思考會比較好。

省吃儉用的話，行李裡面的糧食與水大概可以撐上二十天，因此他們直接用二十天來估算這趟路程。

「……說得也是，看來必須再教你一點東西才行。」

傑諾沉吟數秒，承認莫浩然的顧慮有其道理。

「這世界應該有舞空術之類的東西吧？」

莫浩然直接把地球上某部知名漫畫的技巧搬出來了。

「什麼舞空術？」

「就是可以在天空飛行的魔法。」

「有啊。」

「臥槽！有這種好東西就該早點拿出來啊！走這麼久的路，跟傻瓜一樣！」

「你才傻瓜！天翔之型是最高等級的魔力使役技巧，你以為很好學？現在的你最多只能用瞬空之型。」

「瞬空之型？」

「一種讓魔力推動自己的身體，以提升速度的技巧。嗯……就像帆船一樣。帆船你懂吧？」

「當然知道。那就試試看吧。」

於是莫浩然就在傑諾的指導下，開始學習這個名叫「瞬空之型」的魔法。

瞬空之型的原理其實很簡單，就像傑諾說的一樣，只要將魔力當成風力，身體當成船帆就行了。

原理說起來簡單，但做起來可不容易。施術者必須讓魔力平均散布於身體受力側的每一個部位，否則無法保持平衡。舉例來說，要是上半身的受力太強，人會往前仆倒；下半身受力太強，人會直接跌倒；側邊受力太強，人會原地打轉。莫浩然狠狠摔了好幾十次，等他總算掌握到一點感覺時，已經是一小時之後的事。

「媽的，好累……」

莫浩然一邊揉著撞到紅腫的額頭，一邊躺在地上大口喘氣。因為學習魔法的關係，反而消耗了更多體力。

「太差了！你的技巧還不夠純熟，魔力的分配要更均勻才行。一旦某個部位受力過大，其他部位也必須跟著加強受力，這樣一來會產生許多不必要的消耗，轉彎時也會變得不夠靈活。」

傑諾無視於莫浩然的努力，只是不斷嘆息。

「臥槽！別對初學者要求那麼多啊！」

「我當初學這招的時候，只用了十分鐘。」

「標準太高了！你是大法師，我可不是！」

「唉，前途黯淡啊……算了，反正你那個世界沒有魔力，就算學會這些，到時回去之後也用不到。我就不苛求了，你只要學會最基礎的技巧就好，至少要做到遇上野外的怪物也能自保的……」

「給我等等！」

莫浩然突然出聲打斷了傑諾。

「幹嘛？就算這樣你也嫌標準太高？」

「不、不是……嗯，那個，我剛才似乎聽到了什麼很不妙的消息……」

「啊？」

「你剛才說……野外有什麼？」

「怪物啊。」

「怪物？」

「嗯，怪物。」

「……很多嗎？」

「非常多。」

「……很強嗎？」

「看情況。通常越荒涼的地方，怪物越強。」

「……你覺得這裡很荒涼嗎？」

「老實說，挺荒涼的。」

「哈、哈哈……」

莫浩然一邊發出乾澀的笑聲，一邊低頭按壓自己的太陽穴。

「媽的，我早該想到……野外也要打怪……這也太他媽的符合傳統設定了吧……能不能別那麼老套啊……」

「怎麼了？你看起來似乎有點沮喪？」

「沮喪？不，完全沒有，我只是感受到一股來自世界的惡意而已。」

「哦，挺敏銳的嘛！我要對你刮目相看了！」

「什麼？」

「就是惡意啊，你感受到了不是嗎？」

「咦？」

「在你後面。」

幾乎就在傑諾說完話的同時，一道陰影籠罩了莫浩然的頭頂。莫浩然神色僵硬的轉過頭去，立刻明白傑諾剛才那番話究竟是什麼意思。

一頭充滿惡意的巨大怪物，正低頭瞪著他。

「靠！」

莫浩然想也不想的拔腿就跑，怪物見狀立刻張開大嘴，一口朝他咬了下去！

「瞬空之型！快！」

怪物的咬噬比莫浩然的行動快上太多。就在莫浩然差點被怪物咬中的瞬間，傑諾大聲提醒了他。

莫浩然連忙使出剛剛才學會的技巧，整個人向後遠遠飛了出去。因為力道用得太大，受力點也不平均，莫浩然就像是陀螺一樣在空中轉了好幾圈，然後狼狽墜地，幸好是身體先著地，要是頭先著地，搞不好脖子會就此折斷吧。

此時莫浩然總算得以看清怪物的全貌，那是一頭看起來類似暴龍的大怪物，不同之處在於牠是用四足爬行，背上有鱗甲，鼻子前頂也有像犀牛一樣的尖角。

「哦，你遇到了一個大傢伙。牠叫擬石獸，顧名思義，平時會偽裝成岩石等待獵物。名字聽起來雖然不怎麼樣，其實挺厲害的。雖然行動遲緩，但防禦力驚人。」

傑諾好心為莫浩然講解眼前這頭怪物的來歷，想必這頭怪物剛才就是偽裝成石頭，然後等來了莫浩然這個獵物吧。

「臥槽！現在不是玩說明的時候！快想辦法啊！」

眼見怪物重新朝自己衝過來，莫浩然激動的大喊。

「冷靜點。」

「我他媽冷靜得下來才怪！靠夭牠來了啊啊啊啊啊！」

莫浩然急忙轉身逃跑。在瞬空之型的幫助下，他整個人疾射而出，雖然力道還是過強，但至少受力算是平均，沒有像剛才一樣在空中狼狽亂轉。

「別緊張，這不是做得很好嗎？」

「好個屁！牠一直跟在後面啦啊啊啊啊啊啊啊！」

擬石獸鍥而不舍的緊追在後，展露出務必要將莫浩然吃下肚的堅定決心。

正如傑諾所說，擬石獸速度不快，但問題是牠體型大，跨一步等同於莫浩然跑十步。因此莫浩然就算已經用瞬空之型提升速度，擬石獸依舊緊追在後。在這種一追一逃的情況下，一人一獸在短短一分鐘內就衝出數公里遠。

「你幹嘛一直跑直線？這樣牠當然追得上。利用牠行動遲緩的缺點跟牠繞圈子，只要一直轉來轉去牠就跟不上你了，這傢伙其實很懶，追不上就會放棄。」

傑諾出聲提醒，莫浩然立刻依言而行，一個扭身便將逃亡路線化直為橫，但魔力的轉向卻跟不上意識，使得莫浩然又像陀螺一樣轉飛出去，跌倒在地。這本來是擬石獸的好機會，但牠一時停不住腳，又往前衝了好幾步才停下來，等牠轉過身時，莫浩然已經重新爬起來了。

擬石獸繼續埋頭衝來，這次莫浩然不再乖乖的跑直線，而是左歪右斜的到處亂跑。

擬石獸體型笨重，無法靈活轉向，很快就跟不上莫浩然。就在莫浩然慶幸總算可以甩掉這傢伙時，擬石獸卻突然朝另一個方向衝過去了。

「危險——」

莫浩然頓時脫口大喊，因為擬石獸所攻擊的對象，正是那名少女！

當莫浩然與擬石獸大玩追逐戰的時候，少女始終緊跟在後，貫徹自己的監視使命。擬石獸眼見追不到莫浩然，自然就把少女當成目標了。莫浩然一時間忘了少女的敵人身分，急忙出聲警示。

對於迎面撲來的巨大怪物，少女毫無閃躲之意。在擬石獸張口咬下的瞬間，她有如閃電般竄到了擬石獸側面，同時長劍一閃，在對方的脖子上留了一道傷口。擬石獸的鱗片看起來非常堅硬，卻擋不住少女的斬擊。

劇烈的疼痛使得擬石獸仰天大吼，同時雙眼變得充滿血絲。下一秒鐘，狂怒的怪物再一次撲向少女。

「確認目標意圖妨礙任務，進行排除。」

少女輕聲說道，接著同樣持劍衝向擬石獸。

面對體型比自己大上數百倍的敵人，少女勇敢的發起了近身戰。少女手中的長劍閃動著銀色的光輝，每揮動一次，就會在空中留下一道美麗的銀色殘影。銀色的殘影不僅美麗，同時也帶有可怕的殺傷力，擬石獸的身體每被殘影劃過一次，就會留下一道噴血的傷口。轉眼間，擬石獸已經變得全身是血。

「哇靠！這麼猛？」

莫浩然看呆了。

比起先前少女對決影伏，眼前這場戰鬥無疑的更具幻想色彩。

那嬌小的身體究竟哪來這麼大的力量？少女每一次跳躍都能夠超過數公尺，每一次奔跑都快得讓人看不清，每一次揮劍都能夠砍傷怪物。人類所謂的體能極限，在她身上簡直像是一種笑話。

少女與影伏戰鬥時，雙方的動作快得讓人根本看不清楚，但現在對手換成了遲鈍的擬石獸，少女的一舉一動變得格外醒目。加上此時正值白晝，讓莫浩然能夠看清楚少女的大部分動作。

「看仔細了，這就是魔法師的戰鬥。」

傑諾的聲音在莫浩然腦中響起。

「魔法師的戰鬥方式分成兩種——近戰與遠戰。你眼前這個強化人造兵，正是專門為了對應近身戰而開發的特化類型『漆黑騎士』。她的行動全是依靠魔力在推動，計算精確，沒有一絲一毫的浪費。她的劍上也同樣附著了魔力，這叫做『剛擊之型』，能夠大幅提升斬擊的威力。」

「漆黑……騎士……」

莫浩然像是夢囈般，呢喃著首次聽聞的陌生名詞。

少女與怪物的戰鬥並沒有持續太久。隨著身上傷口一道接一道的增加，擬石獸的怒火很快便化為畏懼，就在牠轉身逃跑時的那一瞬間，少女突然擲出手中的長劍，一口氣貫穿了擬石獸的腦袋。

這一擊比先前任何一劍的威力都還要來得大，莫浩然頓時想起當初少女解決那個影伏高手時，用的也是擲劍，看來或許是某種特殊招式。

少女殺掉怪物後，撿起了自己的武器，然後繼續站在原地盯著莫浩然。少女的黑色大衣沾了不少血，再加上那副冷淡的表情，看起來讓人覺得非常恐怖——但也帶有一種殘酷的美感。

「我記得擬石獸的鱗片還挺好賣的，不過我看你也不會拔吧。」

傑諾一句話將莫浩然的意識喚回現實。這種打怪撿寶的感覺，真的跟電玩遊戲沒兩樣，不同的是這些寶物可不是按個鈕就能撿到。就在莫浩然準備回話時，他的雙腿突然失去力氣，整個人坐倒在地，頭也變得有點暈。

這是過度使用魔力的徵兆，當初莫浩然也曾在牢房裡面經歷過，於是莫浩然只好繼續坐在原地休息。不知不覺間，他竟然迷迷糊糊的睡了過去。

當莫浩然驚醒時，已是夕陽西下的時刻，這一覺竟然睡了好幾個小時。少女依舊盯著自己，看起來毫無疲態，只不過由站姿變成了坐姿。

莫浩然原本想趁夜趕路，好彌補這段莫名其妙浪費掉的半天時間，但傑諾說晚上的荒野更加危險，還是等到明天早上再動身比較好。莫浩然只好從行李裡面翻出生火道具，不甚熟練的升起了一團小小的營火。

「先前忙著逃跑，沒時間檢查影伏的袋子，乾脆趁現在看一下吧？」

傑諾這麼建議。

於是莫浩然打開袋子，把裡面的東西——取了出來。斗篷、短刀、乾糧、水壺、藥品、繩子，這些都是一眼就認得出來的東西，除此之外還有許多看不懂用途的奇怪器具。

就在這時，莫浩然在袋子深處找到了好幾個圓筒。

「這個，不是那個黑衣人所拿的？」

莫浩然撿起圓筒。之前在牢房裡面，那名影伏就是用這玩意兒搞了一個轟轟烈烈的大自爆。

「哦，裡面竟然還有這種好東西呀！這可是魔彈，而且還是閃爆型的。這可是一級管制軍用品，在黑市裡面可以賣到好價格喲！賣掉的話，旅費就有著落了。」

傑諾的聲音聽起來很高興。

所謂的魔彈，指的是「灌注了魔力的炸彈」。它的原理是將大量魔力濃縮在特殊金屬製成的圓筒裡面，只要使其引爆，就能夠將裡面的魔力一口氣釋放出來。魔彈的種類有好幾種，依灌注的魔力性質之不同，可以釋放出不同的力量，閃爆型魔彈算得上是威力最強的一種。

然而，魔彈並不是人人都可以使用的。魔力只會對魔力有反應，要將魔彈裡面的魔力釋放出來，只有身具魔力的人才做得到。一般人是沒有魔力的，因此魔彈雖然是極具殺傷力的武器，可是假如落入常人手中，也只是一個裝飾品而已。

魔彈不論是生產或保管的權力均歸屬於軍方，由於具有強大的破壞力，因此被列為一級管制品。然而，軍隊的管理體制不可能完美無缺，雖然數量極為稀少，還是偶爾會有零星的魔彈脫離了軍隊掌控，以極高的價格在黑市裡面流通。

「不用全賣，只要賣掉一顆就好，其他的可以留下來用。」

早知道有這種好東西，他就用來對付那頭擬石獸了。

「勸你不要。就算是魔法師，也不是人人都敢用魔彈的。尤其像你這樣的初學者更是危險，一不小心就會把自己炸死。」

「為什麼？」

「因為魔彈不只靠魔力點燃，引爆時間也是靠魔力來微調。灌注過多魔力，會當場炸死自己；灌注過少，根本不會引爆。對了，每一批魔彈的引爆時間都不一樣。」

「……真是有夠不貼心的設計。」

連個定時裝置也沒有，真不知道傑洛的軍工技術算是先進還是落後。

「是故意這麼設計的。軍方高層覺得只要每一批魔彈的引爆時間都不一樣，就能阻止魔彈的走私流通。老實說，這種管制措施我覺得有跟沒有差不多。」

「看來不論是地球或傑洛，軍隊高層都有腦殘嘛。」

莫浩然感慨的說道。既然使用魔彈如此危險，那還是別用的好，他可不想死於意外事故。

「對了，魔操兵裝又是什麼？」

提到武器，莫浩然想起當初在監獄裡面，少女那令人戰慄不已的變身姿態。

「唔，這個解釋起來很複雜，該怎麼講才好呢……」

傑諾發出沉吟聲，似乎在煩惱該怎麼說明。

「不，其實也沒有特地解釋的必要……」

「可以省略的話，我也很想省略。不過就目前的情形來看，這一類的資訊你還是多知道一點會比較好。畢竟原來是想說偷偷把你召喚過來，趁沒人注意的時候把我放走的。現在既然被莎碧娜發現，就要做好最壞打算的覺悟。關於這個世界的事情，多知道一點沒有壞處。」

所謂的最壞打算，莫浩然不用問也知道那是什麼。

靈魂死在傑洛，然後地球的肉體也一同死去。

莫浩然很清楚自己的處境，他已經沒有退路了。這不是遊戲，而是現實，死亡的滋味嚐過一次就很夠了，他可不想再嚐一次。

「要解釋魔操兵裝，必須先知道什麼是魔力。我之前跟你解釋過了，你應該還記得吧？」

「嗯，元質粒子的放射能量，對吧？」

「沒錯。不過事實上，元質粒子還可以分成兩種──『一般元質粒子』與『不穩定性變異元質粒子』。至於兩者的差別嘛，嗯，因為說來話長，所以就先省略吧，你只要知道後者擁有比前者更強大的能量就行了，不過數量也相當稀少。魔操兵裝就是以不穩定性變異元質粒子為主體所發展的武器。」

「嗯，嗯。」

「因為不穩定性變異元質粒子放射出來的能量很強，不能隨時常駐在身上，所以平時便將它封閉在特殊容器內，等到使用時再放出來。將不穩定性變異元質粒子的超高濃度魔力擬態成武器或鎧甲，這是最常見的用法，不過也有人擬態成坐騎。因為僅供單一個人使用，所以叫做魔操兵裝。」

「……感謝你那一點也不親切的簡單說明。那個東西到底有什麼用？」

「因為是軍事用途，所以當然是用在戰鬥方面。首先嘛，就是攻擊力與防禦力的大幅提升，漆黑騎士使用魔操兵裝的情況，你應該還沒忘吧？」

就算要忘也是不可能的，那可是莫浩然所見過最具衝擊性的場面。

當少女變身之後，立刻爆發出驚人的戰鬥力。那個沉重的黑鎧與巨大的鋼劍，想必便是傑諾口中的魔操兵裝了。就連可以夷平牢房的閃爆魔彈也沒辦法讓少女受傷，由此可見魔操兵裝的威力。

「魔操兵裝也有優劣之分，像影伏所使用的那個護腕也是魔操兵裝，可是等級比較低。至於漆黑騎士身上搭載的，絕對是上級魔操兵裝。以她的身手，再加上魔操兵裝的力量，哎，整個雷莫恐怕找不出幾個可以打贏她的人吧。」

「這麼厲害？」

「不然莎碧娜也不會把她放在身邊了。」

「……說得也是。」

莫浩然點了點頭。再怎麼說也是最終BOSS的護衛，不厲害的話實在說不過去。

「話說回來，她究竟要跟我跟到什麼時候啊？」

「誰知道呢！不過也沒什麼不好的，她又不會干涉你的行動。有危險的時候還可以充當保鑣呢，就像擬石獸那時候一樣。」

「被她這樣一直盯著看，壓力很大啊！」

尤其對方又是一個容貌端正的美人，壓力更是倍增！不過莫浩然並沒有把這句話說出口。

「不過我們騙她說要去找莎碧娜，若是一直找不到，她會不會發飆啊？」

「不會。」

「你確定？」

「不確定。」

「靠！」

就在少年與大法師的閒聊中，夜色漸漸變深。

※◆※◆※◆※

在晨曦的照耀下，座落於荒涼大地上的廢墟顯得格外淒涼。

金色的光芒撒落大地，照亮了遭到損毀的建築物，以及建築物外側的數艘浮揚舟。

浮揚舟是魔導科技的高端產物，能夠長時間在空中飛行，若是根據地球的計算單位，它的載重量約兩萬公斤，最高時速約兩百五十公里，最大載客數約五十人。除了貴族與少數例外，大部分的浮揚舟都屬於軍方所有，浮揚舟每一次出動都會耗費大量資源，因此平時不會輕易使用。這一次廢墟外面出現了足足五艘浮揚舟，可見事態的嚴重性。

這座廢墟的前身叫做灰鎖監獄，原本是集結了眾多魔導技術的精華，耗費大量的人力與物力所打造出來的牢籠。

三天前，軍方運送例行補給前往灰鎖監獄，卻發現監獄竟然化為廢墟。補給隊大驚失色，連忙回去報告。這個消息傳到莎碧娜耳中後，她立刻帶領自己的親衛隊前來。

莎碧娜站在廢墟的正中央，她的眉頭深鎖，神色陰沉。

她會感到不悅是理所當然的。耗費巨資所打造的監獄毀壞了，關在裡面的犯人也逃走了，甚至連特地留下來看守的得意部下也消失了。要是有人經歷了這些事情還笑得出來，那麼也未免豁達過頭了。

為了防止傑諾召喚出什麼麻煩的東西，莎碧娜特地挑在遠離人群的荒野建立了這座監獄，牆壁裡面甚至埋了魔力導索，只要一發動就能張開極為強力的魔力護壁，不論是由內往外的逃脫者，或是由外往內的入侵者，都會被燒得乾乾淨淨。

然而，如此堅固的防護還是被破壞了。先前投注的心血，就像是將寶石投入無底的沼澤一樣，再也回不來。

莎碧娜身後站著一排身穿黑色大衣的軍人，他們每個人都低下了頭，連銀霧魔女的背影也不敢直視。莎碧娜的靈威正隨著怒氣而高漲，對他們來說，那就像是在足以撕碎身體的暴風中站立一樣。他們即使能夠抑制住自己身體的顫抖，也無法控制流淌於背部的冷汗。

靈威能夠影響所有生物的肉體機能與精神狀態，身為雷莫之王的莎碧娜乃是西之國最強的魔法師，同時也具有最強的靈威。在她下意識所張開的暴風裡，能夠安然站立的人恐怕不多。親衛隊能夠維持井然有序的隊列與站姿，已經是相當不容易的一件事。

莎碧娜環顧四周，試著從周遭殘留下來的跡象碎片，拼湊出事態的全貌。

然而，那些碎片實在不多。

由於閃爆魔彈的關係，監獄裡的一切都幾乎被夷為平地，影伏們的屍體也同樣化成了灰燼。什麼都沒有剩下來，唯一殘存下來的，只有監獄士兵與刺棘翼蜥的屍體而已。

「刺棘翼蜥……亞爾奈嗎……」

莎碧娜望向刺棘翼蜥的屍體，眼中燃燒著冷焰。

由莎碧娜所統治的東之國雷莫，長期以來一直與西之國亞爾奈互相鬥爭。刺棘翼蜥是亞爾奈獨有的一級軍用特殊騎獸，除非是極為重大的任務，否則亞爾奈是不可能將牠派出來的。

刺棘翼蜥會出現在此處，唯一的解釋，便是亞爾奈派遣秘密部隊潛入雷莫，前來劫獄了吧？能夠做到這種事的，只有亞爾奈引以為傲的隱密機動部隊「影伏」了。

（可是，他們不可能贏得了漆黑騎士……）

莎碧娜對自己一手培育出來的少女有著絕對的信心。

那是她利用最尖端的魔導技術所打造出來的最強兵器，沒有破綻、毫無弱點。雖然目前只造出了一個試驗體而已，但是這個試驗體的能力已經讓她相當滿意了。就算來了一整隊的影伏，漆黑騎士也有獨力殲滅他們的能力。

可是，理應把守在這裡的漆黑騎士不見了。

沒有影伏，也沒有漆黑騎士，最壞的想像，便是雙方統統被消滅了。可是誰做得到這種事？

「桃樂絲……」

銀霧魔女微微皺眉，低喊著原本應該被關在牢房之人的名字。

能夠同時消滅影伏部隊與漆黑騎士，這份能力已經足以對自己構成相當的威脅。看來她是太小看對方了。

「傑諾，看來你召喚出一個不得了的傢伙嘛。」

莎碧娜露出了冰冷的笑容。

雖然不知道究竟發生了什麼事，可是「桃樂絲逃離監獄」這個事實並沒有改變。在線索不足的情況下，暫且先把事態想像成最壞的情況，是最安全的作法。

「傳令下去，在雷莫全境發布一級通緝公告。」

親衛隊隊長一聽見莎碧娜的聲音，立刻僵直了身體。

「通緝的對象名為桃樂絲，是一個留著白色長髮的少女，高度危險分子。凡是能夠把她的屍體提到我面前來的人，賞金五百金夸爾，能夠活捉到她的人，賞金一千金夸爾。這項通緝是最優先事項，凡與此命令抵觸者，一概無效。」

後方的士兵們彼此交換了一個充滿驚愕的眼神。這項通緝公告的嚴重性，可是前所未有的。這個名叫桃樂絲的少女究竟是何等人物？眾人心底不約而同的浮現出這個疑問。

「還有，派人徹底調查這裡，連一塊石頭也不准漏掉。聽到了嗎？」

「是！」

士兵們異口同聲地大喊。

同時，眾人的心裡也冒出了將有大事發生的預感。

出勤日 04

旅行商人

就在莎碧娜下達全國通緝令的同時，身為當事人的莫浩然正奔馳於荒野之上。

離開監獄已經十七天了，在這段時間，莫浩然一邊趕路，一邊跟傑諾學習有關傑洛的各種基礎知識。

事關自己能否成功活著回到地球，因此莫浩然學得很認真。莫浩然原本就很聰明，因此學得很快——除了魔法以外。

魔力——這是傑洛與地球最大的不同點。

傑洛其實與地球很像，它們都有太陽、月亮與星辰；動物、植物與礦物；天空、大地與海洋；白晝、黑夜與晨昏。由於自然環境與物理法則相似，因此莫浩然可以套用地球的知識，來對照、分析、理解傑洛的各種事物。

唯獨「魔力」這種地球上絕對沒有的東西——至少他認為沒有——莫浩然實在很難搞懂。

根據傑諾的說法，莫浩然覺得所謂元質粒子應該是一種類似原子的東西，但為什麼這種粒子可以用意志操控？

這點莫浩然完全不明白。用意志干涉事象，這已經可以說是一種超能力了。

莫浩然在地球時純粹是一個普通人，超能力這種東西離他太遠，在缺乏比對物的情況下，他的魔力使役技術——俗稱魔法——進展並不快。

即使如此，莫浩然還是能夠使用魔法。但是這並非因為他有天分，而是因為傑諾的關係。

在這個名為傑洛的世界裡，魔法實力的判斷標準主要分成兩種：「魔力領域」與「操魔技術」。

所謂魔力領域，指的是能夠有效操縱元質粒子的最大範圍。魔法師可以用意志干涉元質粒子的運行，但這種干涉不可能無窮遠，而是有距離限制，同時這個限制也是靈威的最大影響範圍。

例如一個魔法師可以影響半徑一公尺以內的元質粒子，那麼他的魔力領域就是半徑一公尺，靈威的影響範圍也是半徑一公尺。

操魔技術就是駕馭魔力的手段，操魔技術越好，越能有效的運用魔力、減低浪費。操魔技術的強弱與否，會嚴重影響魔法師的戰鬥手段，例如同樣是使用瞬空之型，在相同的魔力量下，操魔技術好的人可以跑得更久、更遠、更靈活。

魔力領域這一塊由傑諾包辦了，而操魔技術則是由莫浩然負責。在這樣的分工機制下，莫浩然確實能夠干涉元質粒子產生魔力，所以他可以使用魔法，但因為操魔技術低劣之故，他的魔法用得不怎麼樣。若是以電玩術語來形容，現在的莫浩然就是一個擁有超高ＭＰ，但魔法等級超低的奇葩魔法師。

傑諾也知道莫浩然的操魔技術不可能一下子就提高，所以只傳授了幾個最基本的魔法。除了加強移動速度的瞬空之型，傑諾另外教了莫浩然「穿弓之型」、「壁壘之型」與「明鏡之型」三種魔法。

穿弓之型是一種凝聚魔力，再將其投射出去的攻擊技巧。簡單的說，就是魔法飛彈。

壁壘之型是一種凝聚魔力，然後包覆全身，抵擋外部攻擊的防禦技巧。簡單的說，就是防護罩。

明鏡之型是一種透過魔力的震動反饋，藉以探測四周環境的技巧。簡單的說，就是聲納。

「攻擊、防禦、移動、偵測，這四大類的魔法你已經各學會一個了，接下來就是把它們練熟。之後只要別遇到某些大人物或大怪物，自保應該是沒問題了。」

在教完這四個基礎魔法後，傑諾如此說道。

「所謂的大人物，指的是有多大？像莎碧娜那種的？」

莫浩然好奇的問道。這個問題就跟「我現在的魔法實力有多強」一樣。

「這個嘛……我覺得基本上只要是魔法師，要打贏你是絕對沒問題的。」

「啥！」

「你的操魔技巧太差了，用個瞬空之型都跑不出直線，用個穿弓之型都打不中固定標靶，這樣還想跟人打？」

「哈、哈哈……」

莫浩然無言以對，只能乾笑。

在這十七天裡，莫浩然就在趕路、練習、吃飯、睡覺中度過。一路上遇到許多怪物與猛獸，但都被莫浩然成功甩掉了。

莫浩然目前的魔法實力還無法用來戰鬥，想逃跑的話倒是完全沒問題。四種魔法裡面，他瞬空之型用得最是熟練，因為他總是用瞬空之型來趕路。莫浩然不知道，其實這是一種非常奢侈的作法。

少女也一直緊跟在後，莫浩然從未看過她睡覺，也從未看過她吃飯，於是他終於確定這位長得跟莎碧娜極像的美少女的確不是人。然而，就算是機器，也要補充能源才有辦法啟動，少女的能源又是從哪來的？

這讓莫浩然大惑不解，有一天他終於忍不住詢問傑諾。

「不用擔心，我猜莎碧娜大概在她體內埋了小型魔力爐。」

「魔力爐？」

「就是運用魔導科技捕捉元質粒子，使其反應變化進而放射能量的裝置。這種裝置通常又大又笨重，而且魔力生成效率也比不上魔法師的魔力領域，要小型化理論上是不可能的。我想莎碧娜是直接把不穩定性變異元質粒子當作魔力爐的燃料，所以感受不到她的靈威。這也可以解釋為什麼她身上沒有封魔結晶，卻能使用魔操兵裝。」

「……這樣啊？」

莫浩然雖然聽不懂，但覺得好像很厲害的樣子

在正統派魔法師眼中，少女無疑也是一個極為另類的存在。除非開啟魔操兵裝，否則少女在平時是沒有靈威的。沒有靈威，也就意味著沒有魔力，因此與少女戰鬥時，很容易產生一種自己正在對付普通人的錯覺，下場就是被少女輕易幹掉。

據傑諾的說法，少女當初在監獄之所以能夠輕鬆解決一開始的那幾名影伏，除了劍術高強之外，對手的大意也是理由之一。影伏被少女沒有靈威的假象迷惑住，沒有使出全力，因此錯失機會。如果對手換成一般的魔法師，影伏的打法會更加凶狠。

「說的好像你跟影伏打過一樣。」

「哎，我好歹也是個大法師嘛，這點見識還是有的。」

就在這種一邊聊天一邊趕路的情況下，城市的影子逐漸升出了地平線。

※◆※◆※◆※

在傑洛的社會體系裡面，沒有「村莊」、「鄉鎮」這一類的名詞，只有「城市」而已。傑洛與地球不同，這個世界有許多強悍的猛獸與怪物，牠們擁有讓人無法想像的力量，尋常人類根本不是對手，唯有魔法師才能對付牠們。以莫浩然曾遇上的擬石獸為例，想靠一般士兵打倒牠，沒有三千人是不可能的。但是只要出動十個訓練有素的魔法師就有機會辦到。

傑洛的人們用零到九級來畫分那些猛獸與怪物的強弱及危險性，零級最低，九級最高，擬石獸的等級是四。區區一個擬石獸就可以匹敵三千人，要是沒有堅固的城牆，人類根本沒有辦法在這個危機四伏的世界安心生活。只要一個一級的怪物或猛獸，就足以毀滅一個村莊，因此人們只能大量聚集於一處，透過集體的力量建造能夠抵擋外界威脅的防禦設施。人類把自己關在自己所做的牢籠裡，只為了換得生存的空間，這不得不說是一種諷刺。

曼薩特是一座小型城市，人口約在一萬五千人上下。它有兩座城牆，內城是貴族區，外城是平民區，城外是貧民區，更外側是各種農田、果園、磨坊等等，最重要的是臨近水源。傑洛大部分的城市都採取這樣的設計。

越靠近曼薩特城，腳下的道路越是平整，路上的行人也增加了，莫浩然還與一支小商隊擦肩而過。商隊的人騎著莫浩然從沒見過的怪獸，他們在經過莫浩然身邊時，個個臉色訝異，但隨即低頭行禮，然後浩浩蕩蕩的朝遠方前進。

經過一大片農田時，莫浩然見到有農夫正在翻土。只見一名農夫正騎著一頭長相怪異的巨獸，轟隆轟隆的穿越田地。巨獸背後拖著像犁一樣的東西，但是翻土的效率比犁快多了，速度簡直媲美地球的翻土機。農夫們與莫浩然的眼光對上時，也急忙低頭行禮。

「喂，怎麼回事？他們幹嘛向我敬禮？」

莫浩然疑惑的詢問傑諾。

「因為你是貴族，他們是平民，所以要向你敬禮。」

「貴族？我哪裡像了？」

莫浩然低頭看了看自己。因為這陣子天天餐風露宿，加上為了節省用水，所以一直沒有洗澡，現在的莫浩然渾身上下髒兮兮的，看起來邋遢不堪。若是這副模樣也可以被稱為貴族，世上大概就沒有乞丐了。後面的少女倒是比莫浩然好一點，但也只有一點點而已。

「因為你是魔法師。在傑洛，只要是魔法師就算是貴族。」

「他們從哪裡看出我是魔法師了？」

「你白痴啊！看行李就知道了。」

「行李？」

莫浩然轉頭看了一下行李，隨即恍然大悟。那堆重死人的行李此時正放在魔力平臺上，緊緊跟在莫浩然後面。一般人是看不見魔力平臺的，因此在他們眼中，這堆行李就像是飄在空中一樣，如此一來，傻瓜也看得出莫浩然是魔法師。

「……那個，我需要低調一點嗎？」

莫浩然覺得自己似乎沒必要太過引人注目。

「不用，這樣比較方便。你沒有黑牌，偽裝貴族的話更安全，沒人會查你。」

「黑牌？」

「就是身分證。」

「哦。」

閒聊著，莫浩然終於走到可以看見城市全貌的距離。

那是一座占地相當廣闊的城市，城市外圍聳立著一道約十公尺高的灰白色牆壁。從野外怪物的強度來看，這種高度的城牆實在擋不住多少怪物，但那只是表象。城牆裡面埋了魔力導索，灌注魔力之後就會張開護壁。

護壁一旦張開，這座城牆便會化為隔絕內外的絕對界線。不論是有機物或無機物，只要一接觸到魔力護壁就會被燒成焦炭。在傑洛，魔力護壁是最強、最值得信賴的防禦機制，不過能量消耗非常龐大，平時不會輕易開啟。

莫浩然走近城門，有兩名士兵正在門口站哨，他們並沒有對出入城門的人做些什麼，感覺就像是地球的警察。

當莫浩然入城時，士兵先是愣了一下，然後站直身體向他敬禮。

「歡迎來到曼薩特！」

士兵高喊。莫浩然裝成一副大人物的樣子，對那兩位士兵看都不看，就這樣直接入城，士兵也沒說什麼。看來不論在哪個世界。上位者對待下位者的態度都很像。

莫浩然暗暗鬆了一口氣，這關一過，接下來就比較輕鬆了。

入城之後，莫浩然便停在路邊，好奇的打量城內的景色。

非常有異世界的感覺。

首先映入眼中的，是一條寬大的灰磚道路。

道路筆直地延伸至內城，路上滿是行人、坐著騎獸的人以及用騎獸馱運的車子，一派忙碌繁榮的景象。道路兩端種有行道樹，紫色與藍色的葉片彷彿被星辰的粉末所覆蓋一般，閃爍著若有似無的微弱光輝。每當樹葉被風吹動，就會掀起一陣銀色的波浪。

建築物的材質不明，外形倒是頗有幾分歐洲風味，但風格卻不統一，感覺就像是將各個時代的歐洲式建築全部收集起來堆在一起似的，路邊甚至還有某個看起來讓人很在意的東西。

「……喂，傑諾。」

「幹嘛？」

「那個、該不會是路燈吧？」

莫浩然指著在路邊聳立的圓柱，那玩意兒的外形讓他感到有點熟悉。

「嗯？是啊，我記得你那個世界也有類似的東西不是嗎？」

「這該不會是電燈吧？」

「電？原來你們那個世界用的是那種能量啊，聽起來挺有意思的。不過我們不是用電，是魔力。魔燈很貴，只有公共設施和少數人才用得起。」

「魔力的燈……」

「怎麼了嗎？」

「不，沒有……只是……在充滿法師和女巫的世界裡，看見這種高科技的東西，覺得有點奇怪。」

當莫浩然說出這種略嫌失禮的感想後，傑諾長嘆一聲。

「你呀，把傑洛當成什麼地方了？想要用自己的認知來看待事物的話隨便你，若萬一遇到敵人還這麼天真的話，可是會死的。沉溺於沒有實際憑據的自我想像，是通往破滅之路的第一步喲。」

毫不留情的尖銳指責。雖然被戳中痛處讓人感覺不太愉快，可是這也是實話，所以莫浩然只是「嗚」了一聲，就不再反駁。

「好吧，接下來該怎麼辦？」

「這還用說？先找家旅館把自己打理乾淨，然後再想辦法把東西賣掉，買齊必要的東西後就可以出發了。」

於是莫浩然隨便找了一個路人詢問哪裡有旅館。路人態度恭敬的告知了旅館的位置，甚至還自告奮勇的想要帶路，被莫浩然拒絕後，對方竟然還一臉失望的樣子。對方的熱情讓莫浩然感到有些不可思議。

「沒什麼好奇怪，因為你是貴族。」

「貴族的地位這麼高嗎？」

「嗯。」

傑諾一副理所當然的語氣，但對莫浩然來說，這卻是極為奇特的經驗。

「貴族的權力很大，不用繳稅，不服勞役。只要有正當理由，斬殺平民不用負責。」

「殺人不用負責？」

莫浩然嚇了一跳。

「如果有正當理由的話。不過，沒有正當理由就亂殺人的貴族也不少，只要捏造證據就行了，所以一般人不會隨便招惹貴族。」

「這真是……」

莫浩然一時間不知該怎麼形容才好。野蠻？好像不對。亂來？好像也不是。極端？唔，好像沾點邊了。

「貴族權力雖大，但相對的，他們也負有戰鬥的義務。在戰場上，魔法師是絕對的主力，不管對手是人類或怪物，其他人可以逃跑，但魔法師絕不能逃。另外，因為野外的猛獸與怪物非常非常多，那些傢伙也會三不五時跑來攻城，所以魔法師上戰場的機率是百分之百。」

「魔法師要是逃跑的話會怎麼樣？」

「唯一死刑。如果是雷莫，三代以內一同處死。」

「……還真是嚴格啊。」

這就是所謂的權力越大，責任越重吧？莫浩然心想。地球上那些活得跟貴族沒兩樣的無良政客與黑心商人，倒是把責任感這種東西都丟到水溝裡去了。

莫浩然很快就找到路人所說的旅館。那是一棟三層樓的豪華建築物，看起來格調硬是比周遭的房屋高上好幾級。那位指路的路人似乎沒有從莫浩然的落拓外表聯想到他的財力，真不知道該說他不以貌取人呢，還是太過粗心。幸好這條街上還有其他旅館，莫浩然找了一間最便宜的。

然而在訂房時，莫浩然又碰到一個難題。

那就是——他究竟要訂幾間房才好？

少女是鐵定會一直跟在他旁邊的，訂兩間的話只是白浪費錢，但只訂一間的話，又覺得心理上無法適應。

「你在煩惱什麼東西啊？都已經是沒有小弟弟的人了，還在那邊考慮一間房兩間房的幹什麼？」

大法師以他過人的睿智，輕鬆擊碎了少年的尷尬與自尊。於是櫃檯女侍訝異的望著莫浩然一邊拉扯自己的頭髮，一邊穿過旅館大廳的背影，心想這位魔法師真是個怪人。

「竟然連抽水馬桶都有……」

看著旅館浴室裡的馬桶，莫浩然表情有些複雜。

透過房間的設施，以及這一路上看到的景色，莫浩然對於這個世界的科技發展稍微有些概念了。

房裡用的是油燈而非魔燈，浴室的水龍頭轉開就有熱水，街上可以見到用騎獸拖曳的車子……種種跡象都表明，傑洛的科技能力其實並不低。如果用地球做比對，大概是工業革命後期的水準。但這也說不準，因為有漆黑騎士這種生物兵器的存在，或許水準其實更高。

「我要洗澡，麻煩妳在外面等一下了。」

莫浩然對少女說道，然後碰的一聲關上浴室的門。

少女雖然從早到晚一直盯著莫浩然，但至少在上廁所的時候，她會撇開視線。莫浩然曾試過以上廁所為藉口偷跑，但每一次都失敗了。久而久之，莫浩然也知道除非放出傑諾或是遇見莎碧娜，否則自己大概是擺脫不了少女了。

浴室的洗手檯上有鏡子。

莫浩然看著映照於鏡中的陌生人。

自從來到這個異世界後，他第一次看見自己的臉孔。

有些熟悉，又有些陌生。五官依稀有著過去自己的影子，但仔細看來其實大不相同，有種更加纖細的感覺。

傑諾說這具身體是利用次元飄流物質塑造出來的，當初以為一下子就可以把事情搞定，所以沒有太認真去做。現在看來，他大概是想複製莫浩然原來的長相，但後來懶得做那麼精細，就憑著自己的喜好隨便亂搞了。

鏡子裡的臉孔還算漂亮，但跟某個正待在浴室外面的監視者比起來，又顯得不算什麼了。

硬要比喻的話，大概就是星星與月亮的差別吧。相較於月光的皎潔，星光顯得有些微不足道，但依然擁有屬於它自己的存在感，無法抹滅、不容忽視。

頭髮是白色的，但眉毛是黑色的，看起來有些不協調。乍看之下或許會被認為是假髮，但那種光滑與柔順的感覺，是任何假髮都營造不出來的。這種不協調，反而令人印象深刻。

如果是短髮，看起來還勉強有點像男生，偏偏因為這頭長髮，為這張臉增添了幾分女性的感覺。

莫浩然對著鏡子齜牙咧嘴，接著做了幾張鬼臉。

鏡裡的人影無言的模仿著，莫浩然總算了有幾分「這就是自己」的實感。

「你在幹什麼啊？」

傑諾出聲打斷了這場神聖又可笑的自我確認儀式。

「沒事。」

莫浩然搔了搔頭，然後轉身走向浴缸。

打開水龍頭，熱水立刻嘩啦嘩啦地流出來。

望著熱騰騰的水蒸氣，莫浩然沒來由的有些感動。過去他從不覺得洗澡這種事有多了不起，但直到自己連續十幾天沒洗澡，才知道洗澡真是一項偉大的行為。據說古代曾有人一生只洗三次澡，莫浩然實在是太佩服古人了。

浴室是乾溼分離式，這種充滿現代感的設計讓人有些無言。

不對不對，這可不是研究異世界文化與科技水準的時候！莫浩然搖了搖頭，把好奇心鎖起來暫時收到櫃子去。難得可以放鬆一下，要是一直探索這個、探索那個，只會平白累積精神上的疲勞而已。

仔細想想，自從入城之後，自己就像個沒見過世面的小孩子一樣東瞧西瞧的，這種行為看在其他人眼中，簡直可疑到了極點。傑洛是一個只有城市的世界，所以自然沒有「鄉巴佬」、「土包子」之類的人。思索自己一路上的所作所為，莫浩然驚覺自己其實露出了許多破綻，要不是懾於自己的魔法師身分，恐怕早就有人跑來盤查了吧？

（總之，就先把一切視為理所當然，這樣才不會引人注意。）

莫浩然下定決心，然後脫掉衣服，準備享受久違的熱水浴。

就在脫掉上衣的瞬間——

「唔——！」

莫浩然驚覺背後冒出一股氣息。

荒野之上危機四伏，這段日子的徒步旅行，使莫浩然對於周遭環境變得相當敏銳。不知道該用第六感或直覺什麼的來形容，總之就是能夠察覺到某些變化。

這種感知並不明確，而是隱隱約約的、模糊不明的。莫浩然以前在一些武俠小說裡面總是會讀到「察覺氣息」這種形容句，他一直不懂那是何種感覺，但現在，他已經有些理解那究竟是什麼樣的意思。

莫浩然猛然轉身，同時做好發動瞬空之型的準備。四周的元質粒子被震動，放射出來的魔力在瞬間便聚集完成，遍布全身。這一切不過是眨眼間發生的事，由於日夜趕路與躲避怪物，莫浩然對於瞬空之型的運用已經相當熟練了。

「哇靠！」

莫浩然一見到身後的景象，髒話不禁脫口而出。

原本應該守在浴室外面的監視者，如今正站在莫浩然面前。

此時的少女穿著白色襯衫，那件黑色大衣已經被她脫掉，置於自己的左前臂。莫浩然還是第一次看見少女脫下大衣的模樣，平時被大衣遮住所以看不出來，少女的身材其實意外的好。

「妳、妳想幹嘛！」

莫浩然一臉緊張的大喊。

少女面無表情的看著莫浩然。

「洗澡。」

然後，她用聽不出抑揚頓挫的冷淡語氣輕聲說著。

自從離開監獄以來，少女還是第一次對著莫浩然說話。

「啥……啥？」

「洗澡。」

少女又重複了一次，接著解開襯衫上的鈕釦。

「不，給我等一下！」

莫浩然完全慌了。這是什麼發展？洗澡時有個美少女突然跑進來說要跟你一起洗？臥槽這是哪門子的超展開！自己什麼時候變成色情遊戲的主角了？這不科學啊！

「為、為什麼妳要洗澡？」

「因為身體髒了。」

「不對不對，不是這個意思！我、我是在問，妳幹嘛要這時候進來洗澡？現在我正在洗啊！妳不會等我洗完嗎！」

「因為方便看守。」

與莫浩然的慌張不同，少女保持著有如冰山般的態度冷靜回答。

「看、看守……」

被少女的沉著所感染，莫浩然終於有餘力思考現狀。

情況其實很簡單。

少女想洗澡。

少女要監視莫浩然。

少女要是洗澡的話，莫浩然可能趁機逃跑。

將這三項條件都羅列出來之後，少女便得出這樣的結論——只要與莫浩然一起洗澡就行了。

當然，也有其他變通的方法，例如把莫浩然綁起來之類的。但一來少女沒有接到那樣的命令，再來手邊也沒有可以綁住對方的繩子，於是乾脆跑進來一起洗，所有顧忌一次解決。

「不對！應該還有其他要注意的事吧！男生女生一起洗澡什麼的——」

「抱歉打個岔，你現在沒有小弟弟，不算男生。」

「頭上的給我閉嘴！」

「只是陳述事實而已。」

「就叫你閉嘴——靠夭妳竟然已經脫了啊！快穿上！快給我穿上！算、算了，妳先洗總行了吧！我——尼瑪別一起出來呀！妳就這麼想跟我一起洗嗎啊啊啊啊——！」

莫浩然的慘叫響徹浴室。

以結果來說，最後還是一起洗了。

如果放在平時，無庸置疑的，這是一段令人稱羨的香豔經歷。

少女有著從外表看不出來的絕佳身材。不堪一握的纖細腰身，以及與細腰呈現明顯對比的豐滿胸部，兩者共同譜寫出充滿誘惑力的美麗曲線。少女的手臂與雙腿就像花莖般修長細緻，實在很難想像，如此柔弱的四肢竟能在戰鬥中展現出驚人的爆發力。

少女的入浴畫面堪稱絕景，遺憾的是，莫浩然無緣享受。

為了守住心中那條名為道德的底線，莫浩然從頭到尾都沒有看少女一眼。要嘛撇開視線，要嘛閉上眼睛，總之就是盡量不讓少女進入自己的視野。如果那位同校同學吳守正知道了這件事，恐怕會一邊大喊「暴殄天物」，一邊對莫浩然施以鐵拳制裁吧。

由於少女的強硬加入，好好一個鬆弛身心的熱水澡，反而讓莫浩然變得更加疲憊。

「累死我了……」

洗完澡後，莫浩然一邊用毛巾擦乾頭髮，一邊嘆息。

「我搞不懂，這有什麼好緊張的？」傑諾疑惑的問道。

「閉嘴！這是屬於青春期少年的問題！身為人，要分清楚什麼事情能做，什麼事情不能做！」

「沒有小弟弟的你，能做什麼事？」

「臥槽別說了！」

就算沒有，也還是可以做的。例如說這個或那個……總之是一些兒童不宜的事情。

「就算真的想做什麼事，你以為你打得贏她？」

「唔……也、也是啦。」

「而且嚴格說來，她不是人類哦。竟然對人類以外的生物也會有情慾，你的口味也未免太重了。」

「閉嘴！再說我揍人了啊！」

「趁現在把衣服洗一洗吧？」

脫衣服。

「……你他媽話題也轉得太硬了吧。」

莫浩然憋著一口無處宣洩的怨氣，將這陣子累積下來的髒衣服全部拿出來洗。

少女一見到莫浩然準備動手洗衣服的模樣，先是偏頭露出思考的表情，然後又開始

「臥靠妳又在幹什麼！」

莫浩然大驚失色，連忙阻止少女的瘋狂行徑。

「為什麼妳又要脫啊？妳究竟是哪來的脫衣狂啊！」

「洗衣服。」

面對莫浩然的質問，少女回答了。

「洗衣服……妳、妳不是只有這一件嗎？洗了之後，妳要穿什麼？難道要光著身體跑來跑去嗎？」

那樣的畫面雖然令人血脈賁張，但也會為莫浩然帶來巨大的精神壓力。

少女沒有說什麼，只是撿起了莫浩然放在洗手檯上的溼衣服。

「咦？」

溼衣服突然噴出一團水蒸氣，以肉眼可見的速度迅速變乾。莫浩然看到這一幕，訝

異的說不出話來。這也是魔法嗎？也未免太方便了吧！

「沒什麼好驚訝的，只不過是魔力的另一種應用方式而已。連魔法都算不上，只能算是雜技。」

傑諾從旁說明。

「這個、我也做得到嗎？」

「理論上可以，但以你的操魔技術，恐怕衣服會直接燒起來。」

莫浩然嘖了一聲，心想這麼好用的魔法，無論如何都要學起來才行。

少女露了這麼一手，晾衣服的問題也跟著解決了。莫浩然躲在浴室裡先將衣服洗好，然後遞給門外的少女讓她弄乾，這樣也順便避開了見到少女裸體的問題。只不過當少女從門外遞來她自己的內衣褲時，莫浩然還是生出一股無從下手的感覺，最後在傑諾的嘲諷下，莫浩然硬是咬牙把它洗下去了。

「總覺得，自己好像失去了某種重要的東西……」

洗完衣服後，莫浩然一邊露出空虛眼神，一邊自言自語。

「如果是尊嚴的話，大可不必煩惱。那種不值錢的玩意兒留著也沒用。」

傑諾以一副不關己事的口氣說道。莫浩然已經沒有力氣吐槽他了。

「接下來，先把東西賣了吧。」

傑諾指的是那堆從影伏身上得到的戰利品。

「去哪裡賣？武器店？」

莫浩然想起電玩遊戲的通用知識——要買武器就得到武器店，要賣武器當然也要到武器店。

「當然不是。要是去那種有執照的店，你就等著被捉吧。像這種軍用品，而且又是他國製造的東西，當然要到黑市才行。」

傑諾直接否決了莫浩然的意見。

在雷莫，武器是管制品，無論是持有者或販賣者都必須持有執照，否則將會遭到逮捕。其實不只雷莫，傑洛的任何一個人類國家都有類似的規定，差別只在於嚴格與否。

「那黑市要怎麼去？」

「抱歉，我是個走在光明道路上的坦蕩人物，這些事情我不太清楚。」

「……你真是個緊要關頭派不上用場的傢伙。」

「只能在緊急時刻才有所作為的人，跟平時就能派得上用場的人，我是覺得後者的貢獻比較大。再怎麼說，人都是追求平穩的，所以和平的時間一定比混亂的時間還要長。」

「廢話！」

「那找旅行商人試試看好了。」

「旅行商人？」

「嗯。這些人在各地旅行、買賣，沒有固定的據點，把他們想成是流浪的移動商店就行了，有時也會販買或收購違禁品。不過要找到他們得看運氣，因為他們到處流浪，不會一直待在同一個地方做生意。先去城裡的市場繞一下吧。」

「有夠麻煩的……」

莫浩然邊嘟囔邊拿起地上的袋子，然後打開房門。

少女沉默的跟了上去。

※◆※◆※◆※

旅行商人是一種相當危險的職業。

他們與那些擁有店面，在某處固定的土地上進行買賣交易的商人不同，是一群居無定所，有如浮雲一般四處移動的流浪者。有時是獨自一人，有時是三五成群，總之，他們永遠以最少的人數在行動。

旅行商人與一般商人不同，他們無法搬運太多貨物，所以絕不販賣尋常的東西。旅行商人專門從事珍貴罕見的商品買賣，藉此獲得高額的利潤。當然，有時他們也會搖身一變成為騙子，把假貨塞給沒有眼光的客人。

旅行商人時常獨自行動，不像商隊一樣可以雇用傭兵來守護自己的生命安全，因此這些人通常都有他們自己的一套保命手段，大多數的旅行商人都有一副好身手，而且能言善道、閱歷豐富。有時他們甚至會探索怪物巢穴，取得深埋其中的珍貴寶物——雖然成功的案例並不多。

說穿了，旅行商人其實就是冒險者與商人的綜合體。

在一般人眼中，旅行商人並不是什麼讓人有好感的職業。

西格爾認為這種評價根本就是明顯的偏見。

雖然西格爾也像那些旅行商人一樣，偶爾會賣點假貨，或是故意抬價賺取暴利，不過他自認做出這些不良行為的次數屈指可數。他可是將誠實奉為圭臬，以良心當作宗旨的正直旅行商人，畢竟「旅行商店‧黃金角笛」與「年輕有為的商店主人西格爾」，這兩個名字在業界也是小有名氣的。

話雖如此，但是在這曼薩特城，生意卻清淡得可憐。西格爾已經在這裡做了六天的生意，但是都沒什麼進帳。

「是寒冬啊……生意的寒冬，會讓人的身心都結冰的。哎哎，真是好冷好冷啊……」

西格爾盤腿坐在帳篷裡，一臉無聊地低聲抱怨著。他已經沒有力氣招攬客人了，從早上喊到現在，這位二十二歲的青年已是身心俱疲。

就在西格爾唉聲嘆氣時，帳篷的門簾突然被掀了開來。

「歡迎光臨！」

西格爾反射性的大喊。他抬起頭來，帶著營業用笑容迎接客人，不過他的笑臉很快就變得僵硬。

有兩名女性一前一後走入帳篷。

走在前方的，是一名有著白色長髮的美少女。她穿著雷莫的士兵制服，胸前沒有任何階級標示，顯然是最低層的雜兵。雖說胸部有點平，但沒有喉結，應該是女的沒錯。

走在後面的，是一名有著黑色長髮的美少女。她的容貌比起前面的白髮女子更加美豔，身穿只有高階軍官才能配給的黑色大衣，腰間佩劍。

西格爾一見到這兩名女子，頓時覺得不對勁。

哪有低級士兵走在高級軍官前面的？如果白髮女子是在為黑髮女子開路的話，在進門時應該對黑髮女子行禮才對，至少也該打聲招呼。但白髮女子卻是旁若無人的直接走進來，讓黑髮女子自己掀開門簾。不自然，這太不自然了！

西格爾深感困惑。他雖然年輕，但見多識廣，對自己的眼力尤其有自信，總是能夠在最短時間內看穿對方的財力與來歷，但眼前這對組合實在有些詭異。

然後，西格爾很快就明白這是怎麼一回事。

答案出在白髮女子身邊的東西——憑空飄浮的袋子。

（是魔法師！）

西格爾恍然大悟。

在傑洛，魔法師乃是貴族中的貴族，地位天生尊貴無比。只要擁有魔法師頭銜，就算只是士兵身分，軍官一樣無法任意指使他們……不，不對！既然白髮女子是魔法師，那就不可能只是一介小兵！這、這究竟是？

（——原來如此！是故意假扮的！）

西格爾憑著過人的想像力，擅自在腦中勾勒出事情的真相：一名年輕、尊貴、不知世事的貴族少女想要從家裡溜出來透透氣，於是拜託身為保鑣的黑髮女子弄來一套士兵制服。兩人逛著逛著，不知怎麼逛進自家帳篷裡了！

（沒錯！八成是這樣！）

發財了！憑著直覺，西格爾認為這兩人身上有大錢可賺。

至於引起西格爾誤會的兩名客人，自然就是莫浩然與無名少女。

「歡迎光臨，兩位。本店『黃金角笛』乃是擁有百年以上的歷史，在業界赫赫有名的老店。小人乃是第六代店主西格爾，小人將抱持著誠實經營、良心買賣的理念，繼續為您提供更完美的服務。」

西格爾流利地說出一長串固定的開場白，同時彎腰鞠躬。

「那麼，請問各位有什麼需求嗎？本店剛從南方過來，為您帶來了上好的特殊香料與稀有茶葉，這可是了不起的珍品，保證外面買不到哦。另外，也有非常好的藥水，對皮膚美容絕對有益。」

西格爾見兩人沒有反應，連忙改推銷其他商品。

「當然，本店也有其他好貨色。有適合贈送給戀人、可以加深彼此感情的神秘項鍊，也有一日一粒、保證一百天內可以讓體態變輕盈的神奇藥丸。兩位意下如何？」

「不，我不需要那些。」

莫浩然搖了搖手。

「我想賣東西。你這裡有什麼限制嗎？像是只收購日用品之類的。」

「嗯哼？」

西格爾臉上的笑容不變，但是心中略微有些失望。比起進貨，他還是比較喜歡出貨。

「不，本店沒有那些限制，什麼都收。但請容小人提醒，如您所見，本店空間狹小，財力亦不雄厚，所以沒辦法收購太過常見，或是太過昂貴的物品，還請多多包涵。如果您是要賣首飾戒指的話，建議您到珠寶店會比較適合。」

「那這個呢？」

莫浩然將袋子放下，從裡面拿出一柄短劍。

西格爾見了，臉色頓時一沉。

「……客人，您帶來很有趣的東西。可以的話，能讓小人仔細看看嗎？」

莫浩然嗯了一聲，於是西格爾接過短劍，不斷打量。

「亞爾奈的軍用武器，而且是不常見的型式。」

西格爾壓低聲音，一臉慎重的緩緩說著。

「這個設計……如果我沒看錯的話，應該是亞爾奈特殊部隊『影伏』的武器吧？」

「你知道？」

西格爾得意的點點頭，他的眼光可是業界有名的。

「客人，我們可是百年老店，認不出來的東西只怕不多吶。話說回來，這玩意兒的確很稀有，不過您也知道，亞爾奈可是雷莫的死對頭，要是帶著它到處跑，可是會惹麻煩的。」

「你不收嗎？」

「唔，這個嘛……」

西格爾一面用手指摩娑下巴，一面思考這個買賣是否划算。

很值得，西格爾這麼判斷。

他手上正好有武器的銷售管道，敵國的武器雖然不好處理，但也只是多花點時間而已，利潤還是很足夠的。最重要的是，對方可是魔法師啊！跟魔法師做生意，這是多少商人可望而不可及的事啊！要是能夠透過這單生意與對方建立交情，將來給自己帶來無數說不出的好處啊！

西格爾想起許多因為有了魔法師常靠山而一步登天的同行，以往自己只能感嘆他們的好運氣，如今這種好事終於輪到他頭上了！

「唔……嗯……這樣吧，小人願意出五枚銀夸爾。」

銀夸爾是雷莫的二級幣制單位，最低級的單位是夸爾特，每六百夸爾特可以兌換一銀夸爾，三十六銀夸爾可以兌換一金夸爾。

「太便宜了，至少十枚銀夸爾。」

莫浩然直接把價格提高了一倍，雖然他搞不懂西格爾開出的價碼究竟是高是低，但無所謂。買賣這種事，一定是一方壓價、一方抬價，只要喊出比身為收購方的西格爾更高的價錢，那就肯定不會有錯。

聽見莫浩然開出的價碼，西爾格立刻猛力搖頭。

「十枚銀夸爾？太多了，客人！這種來路不明的東西，不論要買要賣都是很棘手的吶。畢竟是敵國的武器，脫手不容易。本店最多只能出七枚銀夸爾。」

「九枚銀夸爾。」

「客人，小人也要養家活口啊！雖然在下是還沒結婚啦，可是好歹也要存點資金吧？要是用這個價錢買下去，可就真的討不到老婆了。」

就算想跟對方打好關係，該賺的錢還是得賺。西格爾發揮出長年經商所磨鍊出來的演技與口才，努力與莫浩然討價還價。

「哎——真拿客人您沒辦法。這樣好了，小人就出八枚銀夸爾，不能再多了。」

最後這筆交易以八枚銀夸爾成交了，條件是七把影伏短劍西格爾必須全部一次吃下來。

就在莫浩然將錢收入口袋，西格爾將短劍納入自己商品庫的時候，帳篷門簾突然被掀開了。

「喂！誰准你在這邊做生意的！」

一名男子一邊大吼，一邊闖進帳篷裡。

這是一名體格高大，有著三角眼，身穿淡藍色制服的男人。從服裝來看，男人是雷莫的士兵，胸口掛著隊長的階級章。

西格爾一見到三角眼男子，立刻暗叫不好。

這名三角眼男子名叫席格，是曼薩特城的警備隊隊長，為人貪婪奸滑，心胸狹窄，經常利用職權貪贓枉法。就算是正當經營的本地店家也經常被他硬是找一些小藉口索賄，更別說是西格爾這樣的旅行商人了。這傢伙每天都會過來收保護費，讓西格爾頭痛不已。

索賄這種事明明只要派部下去做就好，但席格卻偏偏喜歡親自動手，理由在於他擔心部下會扣留部分賄款，讓自己蒙受損失。光憑這一點，就可以知道席格是個什麼樣的人。

帶著驚人氣勢衝入帳篷的席格，在見到帳篷裡面的景象後頓時一愣。

「長、長官好！」

席格立刻對黑髮少女敬禮。

警備隊隊長只是下階士官，從表面上來看，身穿高階軍官大衣的黑髮少女是這間帳篷裡面地位最高的人。因此席格的反應並不算錯。

除了地位，席格也被黑髮少女的美麗所震懾。

席格活了將近四十年，從沒見過如此美麗的女性。他見過不少容貌標緻的美人，不管是風塵女子、平民之女，甚至是貴族之女，身為警備隊隊長的席格都有機會接觸，他也時常向部下吹噓自己什麼樣的女人沒見過，但這次，他確實見到了「從沒見過的女性類型」。

如此美貌、如此氣質，根本不是那些小貴族可比擬的。想必這名少女一定是出身高貴人家吧？席格心想。但為什麼自己從沒聽說過她呢？他可是警備隊隊長，城裡的大小事情或多或少都會傳到他耳中，像黑髮少女這樣顯眼的存在，自己不可能沒聽過。啊呀，這麼說來，後面那個女的也長得不錯呢！穿著士兵制服，可是自己怎麼也沒見過？難不成這兩人是外地人？

席格心中轉過無數念頭，但嘴上仍不忘正事。

「長官，請問有什麼我可以為您效勞的地方嗎？」

毫無反應。

對於席格的詢問，黑髮少女完全不予理會，簡直就當對方不存在似的。

黑髮少女的反應讓席格有些尷尬。

「長官，在下是曼薩特城警備隊隊長席格，如果您有任何需求或是需要，在下隨時願意效勞！」

好歹也是個能混上隊長的人，席格立刻重整心情再次開口。可惜這番努力毫無效果，黑髮少女依然沒有理他。接二連三被人無視，饒是席格臉皮再厚，也有點受不了了。

「真是冒犯了。若有失禮之處，請多見諒。那麼下官先行告退。」

席格慌慌張張的敬禮，然後退出帳篷。

見到往常不可一世的警備隊隊長竟然就這樣狼狽離開，西格爾半是訝異半是慶幸，同時更堅定了與眼前這兩人打好關係的決心。

西格爾雖然是旅行商人，不會在同一個地方逗留太久，但人脈這種東西自然是越多越好。要是一切順利的話，說不定自己還可以在這裡開個店鋪，徹底擺脫浪跡天涯的生活。說實話，旅行商人這行雖然利潤不差，但又辛苦又危險，能找個地方安定下來自然是最好。

「那個人是幹嘛的？」

莫浩然疑惑的望向帳篷門帘，他搞不懂剛才那個男人為什麼突然衝進來，接著說沒幾句話就跑出去。

「啊，客人，請別在意。那個人叫席格，是這裡的警備隊隊長，經常沒事就跑來欺負像小人這樣的小人物。那種下流胚子，見了也只會弄髒您的眼睛，沒有在意的必要。」

西格爾在解釋席格的來歷之餘，不忘告上一狀。

「哦。」

莫浩然聞言只是點點頭。

西格爾見狀，心想果然像魔法師這樣的大人物，不會把這種小事放在心上，看來還是要從自己擅長的領域跟對方套關係才行。

「客人，還有什麼是小人能為您服務的嗎？您若是還有什麼想賣的，只要價錢合理，小人都樂意收購。像剛才那些東西若是您還有的話，不論有多少，小人都願意買下來。」

「是哦……那這個呢？」

莫浩然從袋子裡面拿出了一枚手掌大小的圓筒。一見到這個圓筒，西格爾整個人頓時呆住了。

「魔……」

西格爾的聲音有些顫抖。

「魔、魔……魔彈……？而、而且還是閃爆型的……！」

西格爾嚇呆了。

這位年輕商人完全沒想到，眼前的魔法師竟會拿出如此可怕的玩意兒。

魔彈屬於一級軍用管制品，堪稱最強的單人戰鬥武器之一。尤其是閃爆魔彈，號稱魔彈中的最高級品，只要用上幾枚，甚至能炸穿已經發動魔力護壁的城牆！

就因為魔彈擁有如此的破壞力與危險性，因此不論在哪個國家，魔彈都是被嚴格封鎖的一級軍用品。魔彈的管制極為嚴格，即使是高階軍官或大貴族也無法輕易得手。即使是在號稱什麼武器都買得到的黑市裡，魔彈的數目依舊屈指可數，其價值難以估計。

西格爾簡直快哭出來了。他很想買，問題是買不起啊！

「那、那個……您……打算賣多少錢？」西格爾緊張的問道。

「三枚金夸爾吧。」

這是傑諾所估算的價格。

「三枚金夸爾……！」

西格爾皺眉看著那枚魔彈，整個人陷入沉默之中。

好便宜！太便宜了！西格爾在心中不斷吶喊。這可是魔彈！魔彈啊！而且還是閃爆型的！就算上面有亞爾奈的印記，隨便賣也可以賣出四枚金夸爾啊！竟然只要三枚金夸爾就能到手！賺了這筆，接下來好幾年都不愁吃喝啦！

西格爾的五官糾結成一團。這是千載難逢的好機會，但偏偏他的資金不夠！

「不要的話就算了。」

莫浩然則是將西格爾的沉默解讀為不想買，於是將魔彈收起來。

「等、等等！小人沒說不要啊！」

「那是要買囉？」

「這、這個……客人，不瞞您說，小人很想買，可是現在手上沒有那麼多錢……」

西格爾不敢砍價。三枚金夸爾已經是非常便宜的價格了，再說他還想跟莫浩然打好關係呢！能夠拿出魔彈來賣，怎麼說都不可能是尋常人物，要是太過貪心，說不定就會錯過一飛沖天的大好機會。

「這、這樣好了！我現在手邊最多只能湊出三分之一的錢而已，另外三分之二就用其他的東西來代替，您覺得怎麼樣？」

西格爾慌張地跳下椅子，然後在後面那一大堆箱子裡面翻找著。

「吶，您看看，這個可是很棒的護身符哦！只要戴在身上就可以減少靈威的影響，這可是價值兩百銀夸爾的好東西！還有這瓶藥，只要喝下去，魔力可以在短時間之內提升一倍，足足一倍哦！呃……還有這個，可以迅速治癒傷勢的藥劑，出外旅行必備良藥！」

西格爾不斷地從箱子裡取出一些奇怪的商品，並且大肆誇耀這些東西的功能有多麼神奇。

正當西格爾勤奮地介紹自己的珍藏商品時，莫浩然也悄悄地詢問傑諾。

「你覺得怎麼樣？」

「唔，是有一些看起來不錯的東西啦，可是多半你都用不到。」

「那要拒絕嗎？」

「……不，也是可以答應。就用他的商人才能來交換吧。」

「商人才能？」

就在莫浩然與傑諾交談之際，西格爾的面前也已經堆滿了有如小山一般的東西。這位旅行商人一邊喘氣，一邊用期待的目光盯著莫浩然。

「呼、哈……哈……怎、怎麼樣？這些東西可是外面買不到的珍品。除此之外還有很多好東西，只是小人放在旅館沒有帶來。在下以『黃金角笛』百年字號的歷史掛保證，那些東西的價值絕對超過兩枚金夸爾！您覺得如何？」

「不要。」

莫浩然很乾脆地拒絕了。

「呃——」

西格爾的表情就像是腳趾頭被踩到一樣，難過地倒退了兩步。

「為、為什麼？您堅持要用現金嗎？」

「不是。這裡面有些東西我不想要。」

「是這樣嗎？沒關係，本店商品眾多，您可以慢慢挑……」

「太麻煩了。那三分之二的帳款一樣用物品抵清，我會開個清單給你，你幫我把東西湊齊吧。」

「咦？」

西格爾當場愣住，懷疑自己是不是聽錯了。

以物易物？還有這種好事！要是自己能用更便宜的價格入手清單的東西，然後故意虛報收據，就能再多賺一筆啊！今天是怎麼回事？死去的老爸老媽總算記得保佑自己的兒子了嗎？

「當、當然可以，只是不知道您要的東西是……？」

西格爾總算沒有失去理智。要是對方開出什麼自己根本弄不到手的東西，這筆交易還是要泡湯。

「都是一些很常見的東西，應該不難弄到啦。」

莫浩然按照傑諾的吩咐，簡單口述了一下清單的內容，大多是長途旅行時會用到的必須品與糧食。西格爾聽完，幾乎都快要忍不住笑出來了。一點都不難！一點都不難啊！這筆錢賺定了！發財了！

「小人知道了，小人一定盡力將它們湊齊。不過客人您要的東西很多，恐怕無法立刻備妥。能否請您明天的這個時間再來呢？屆時東西一定會準備好。」

「嗯，那我明天再來。」

一場皆大歡喜的交易就這麼定了下來。

※◆※◆※◆※

夕陽將大地染上了燃燒般的色彩，在橘紅色的光線下將行人的影子拖得老長。人們匆忙的奔走於街道上，屋頂紛紛升起晚餐的炊煙。

此時的莫浩然與黑髮少女正坐在旅館的大廳裡面享用晚餐。

由於少女不用吃東西，因此桌面上僅有一人份的食物。

晚餐的菜色相當豐富，奶油麵包、乳酪燉肉、蜜汁肋排、蔬菜沙拉、濃湯與淋有紅褐色醬汁的麵條。白天剛入手一大筆錢，為了犒賞自己連日來的辛勞，莫浩然叫了最貴的餐點。

從視覺與嗅覺的層面上，這些食物足以充分刺激用餐者的食慾。可是，莫浩然並沒有立刻舉起刀叉，而是用疑惑的目光打量著眼前的食物。

「幹嘛老盯著食物看？你不吃嗎？」

「不，沒有……」

莫浩然一臉遲疑的搖了搖頭。

「只是……不僅是房子或人什麼的，連料理都長得很像……該怎麼說呢？感覺不像是異世界，反而像來到了時代錯亂的古代一樣。」

「是嗎？我以為你是在煩惱味道，才正想告訴你味道應該也跟你那邊的世界差不多的說。」

「咦？是嗎？」

莫浩然拿起麵包咬了一口，味道的確跟地球的麵包沒有差別……不，還是有差別，傑洛的麵包沒那麼甜，也沒那麼軟，問題應該出在地球的化學調味料上面。

「雖然不知道你聽不聽得懂，不過還是多少跟你說明一下原理好了。你知道什麼是因果律嗎？」

「……是指因果報應之類的東西？」

「有點像，不過規模差多了。簡單的說，如果你把世界上的所有物質全部化為數字，那麼一切的事象就是這些數字互相作用的公式總和。如果更改、刪除或增加了某一個數字，那麼所有關於這個數字的公式總和就會出現變動。例如，一加二是三，但是把二換成三，那麼最後的東西就變成了四。」

以這段話為開頭，傑諾開始進行了解說。

在因果律的前提之下，只要一個世界中的某個事物消失了，或是增加了某個事物，就會有為數眾多的事象連帶被改變。根據混沌理論，此一改變並不一定會是微小的，有時將會巨大到讓人難以置信。就像一隻蝴蝶拍打翅膀足以引起未來的風暴一樣，一個事物的存在與否，也可能牽動整個人類的文明。

在這樣的改變下，雖然世界的架構仍有絕大部分相似，可是那已經不是原來的世界，而是屬於異界了。也因此，幾近無限的事物，延伸出幾近無限的異界。

「異界召喚」的法術，便是在這幾近無限的異界當中，選擇出符合術者條件的生物予以召喚。這就像是要在沙漠中挑出一顆鑽石般的困難，也因為如此，「異界召喚」被視為最高等級的魔法。

「……懂了吧？這個法術從以前到現在，成功的例子用一隻手就數得出來。放眼全傑洛，恐怕也只有我能夠使出這種法術了。」

傑諾像是很了不起似的抬著頭。

莫浩然一邊品嘗燉肉，一邊消化自己所聽到的東西。當然，其中不包括大法師的自我吹捧。

「唔……這麼說來，這不是跟平行宇宙很像？」

在地球，以平行世界為題材的小說、漫畫與電影多到數不清，就算是完全沒有科學知識的人，也知道平行世界究竟是什麼樣的地方。

「哦，你理解得很快嘛。不過時間與空間的相對性，會形成某個無法解釋的矛盾。然而，畢竟相對乃是建立在絕對之上，所以在理論上最後還是會回歸到原點。即使是相對時空的理論，也無法百分之百否定掉絕對速度的概念，這與觀測者本身的……」

傑諾開始滔滔不絕地講解起來。因為話題已經完全超過了十六歲少年所能理解的範圍，所以莫浩然無視於大法師的冗長解說，逕自吃起晚餐。等到傑諾終於說完時，桌上的料理也即將被掃空了。

「——所以說，異界召喚的原理就是這樣，你懂了嗎？」

「完全不懂。」

「……我想也是。」

原本說到興起時翹著的髮絲突然垂下，傑諾的口氣瞬間變得無力，像是「我早就知道會是這種答案」的模樣。

「話說回來，所有東西都委託那個叫西格爾的人去買，真的沒問題嗎？」

「沒問題的，沒看到他一臉拚命忍笑的樣子嗎？我們就悠閒地坐著喝茶，把麻煩事丟給他吧。」

「就是因為這樣才覺得不可靠啊。」

西格爾那種眼眸深處閃動著強烈光芒的表現，以前莫浩然在酒店打工時經常見到，那些人大多是缺錢吸毒的傢伙，為了錢什麼都幹得出來。

「放心，東西又還沒給他。到時要是出了什麼事，直接跑掉就好。」

「……說得也是。」

只要使用瞬空之型，就算被一群普通人包圍了也用不著畏懼。魔法就是如此方便的東西。

莫浩然把最後一塊麵包吃掉，旅館的服務生也送上了飯後的甜點。

就在這時，原本一直坐在椅子上不動的少女，身體突然震了一下。

莫浩然嚇了一跳，他還是第一次見到少女出現這樣的反應。

少女盯著剛送上來的水果烤布丁。

那嚴肅的神色，彷彿是在面對著什麼可怕的敵人似的。

餐桌的空氣突然變得沉重起來，一股詭異的沉默籠罩四周。

「……妳要吃嗎？」莫浩然試著問道。

少女一聽見這句話，立刻抬起頭來。

少女如同往常一樣的沒有表情，可是看在莫浩然眼中，那宛如凍結湖面般的冷漠眼神中，似乎出現了細微的動搖。

「……給妳吃吧？」

莫浩然把水果烤布丁推到了少女面前。

不知是不是錯覺，莫浩然總覺得少女好像倒吸了一口氣的樣子。

或許是在猶豫吧？少女盯著水果烤布丁長達數十秒。

最後，少女緩緩拿起小湯匙，慎重地挖了一小塊水果烤布丁，然後送入口中細細品嘗。

少女仍然面無表情。

然而，少女四周的空氣卻突然柔和下來，彷彿染上了一層無形的幸福色彩。

「……喂，她不是不用吃東西的嗎？」

莫浩然悄聲詢問傑諾。

「這個……大概是嗜好品吧？這麼說起來，我記得莎碧娜也是很喜歡吃甜食。看來這個興趣也被她繼承了……」

「令人意外。可是，不用吃飯的人，可以吃布丁嗎？」

「……我想應該沒問題。」

少女就這樣一邊承受少年訝異的視線，一邊專心品嘗著甜點。

出勤日 05

冷酷凶暴的桃樂絲

就在莫浩然待在旅館享受晚餐的時候，曼薩特城的某處也舉辦了一場小小的酒宴。

酒宴的會場位於內城的房屋，內城是僅有貴族才能入住的地方，也是一城的權力中心。外城居民沒有通行證的話無法進入內城，通行證的效力只有一天，逾期逗留者會被執法院拘捕，就算是城主親戚也一樣會被關進牢裡。這種嚴苛的規定，正好突顯出貴族的優越地位。

酒宴會場杯觥交錯，年輕的男女到處走動，他們彼此閒聊，談的大多是玩樂之事。不用為生活勞苦奔波、終日無所事事的貴族子女，幾乎每隔幾天就會舉辦一次這樣的酒宴，美其名是「為了建立未來的人脈關係」，事實上只是單純的遊手好閒而已。

在會場中，有一名年輕男子周圍聚集了特別多的人。這名年輕男子不論是衣著或氣質都比其他人更勝一籌，彷彿舞臺上的主角。

「從沒見過的美女？」年輕男子手拿酒杯，好奇的問道。

「是的。在下從沒見過那麼美麗的少女，說來慚愧，在見到那位少女的時候，在下竟然一時看呆了，不知過了多久才回神，當時真是丟臉。」

警備隊隊長席格恭敬的說道，他的回答讓周圍響起一陣輕笑。

此時的席格已經脫下制服，換上了正式的禮服。雖然身材筆挺，但那張臉孔與那對三角眼所流露出來的氣質，實在與那身禮服格格不入。

「哎呀，席格隊長，你說這句話，分明就是不把這裡的女士們放在眼裡。」

「說到美麗，城裡最美麗的幾位淑女都已經聚集在這裡了。」

「說話浮誇可不是好事喲，席格隊長。」

數名男子笑著斥責席格，附近的幾名女子也同樣嬌嗔滿面。

「不不不，在下絕沒有說謊，也不是在開玩笑。那位少女就是這麼美麗。各位不相信也是正常的，但只要見了一眼，你們就會相信我了。」

席格不斷對在場的男子們掛保證，見到他如此篤定的模樣，眾人由原先的全然不信轉為半信半疑。

席格口中的那位美麗少女，指的正是監視莫浩然的無名少女。

自從白天在無名少女那裡吃了一次悶虧後，席格一整天都覺得很不爽。從他當上警備隊隊長以來，從未有人這麼不給他面子，把他當成空氣一樣視若無睹。如果對方容姿平平，席格還可以一笑置之，認為對方不懂事。偏偏無名少女是一位不可多得的美少女，席格只是看了一眼，就不可抑止的心生愛慕，於是無名少女那不將席格放在眼裡的態度，深深刺激了這位警備隊隊長的自尊心。

席格是一個心胸狹窄的人，原先的愛慕很快就轉為怨恨。

但無名少女是軍官，自己是動不了她的。席格決定利用他人的力量來報復，正好今晚受邀參加酒宴，方便他執行報復的計畫。

席格的策略很簡單，就是在酒宴上不斷吹噓少女的美麗，勾起男人的好奇心與女人的對抗心。這場酒宴的與會者多半是貴族子女，席格很清楚這些人是什麼貨色，他們有權有勢，而且驕縱任性，什麼事都做得出來。

席格已經可以想像到，無名少女將會被那些肆無忌憚的紈褲子弟擄去，然後恣意凌辱。那張跟冰山沒兩樣的臉孔，很快就會由哭喊而扭曲變形。

「聽席格隊長這麼一說，倒還真想見識一下。」

正如席格所料，在他的煽動下，男人們開始你一言我一語的討論起來。

「你說她是軍官？而且是外地人？奇怪，最近沒聽說有什麼其他城市的軍官跑來我們這裡呀。」

其中一名青年疑惑的說道。他父親是高階軍官，他本人也在軍隊的運輸部門任職，由於職務之故，對於人員出入城市的情形非常熟悉。

「難不成是休假？」

「休假幹嘛還穿制服？」

「是透過其他管道進來的嗎？該不會是在執行什麼秘密任務吧？」

「如果是的話就棘手了，軍隊那些傢伙恐怕會來找麻煩。」

在雷莫，貴族與軍隊是不同體系，雖然會互相滲透與影響，但比起和睦相處的時刻，針鋒相對的場合更多。貴族戲稱駐守城市的軍隊是「趕不走的蒼蠅」，軍隊對統治城市的貴族則回以「裝模作樣的老鼠」。

如果只是單純來自外城，那麼就算無名少女出了什麼事，曼薩特城軍也沒有協助的必要，但無名少女若是為了執行特殊任務而來，那麼曼薩特城軍或許會出面。

這些貴族子弟雖然跋扈，但並不蠢，他們至少分得清楚什麼人不該碰。稍微分析一下，並得出無名少女或許不好惹的可能性後，有些人當場便失去了興趣。

眼看自己的計畫即將泡湯，席格連忙鼓動簧舌。

「有什麼棘手的？不就只是看一眼而已嗎？難不成光是看上一眼、打個招呼，那些蒼蠅就敢跑來嗡嗡叫不成？」

「也對，只是看看又不犯法。」

「說起來，我們是在盡地主之誼呢。」

「那些蒼蠅反而應該要感謝我們才對。」

男人們一聽也是有理，於是又燃起見識美女的心思。

席格暗笑，這些傢伙的德行他很清楚。他敢保證，這些人一見到無名少女後，鐵定會反過來變成蒼蠅沾上去，然後被無名少女的態度惹火。

（但，這樣還不夠……）

席格用眼角餘光偷偷望向一旁。

那位手持酒杯，衣著高貴，宛如主角般被眾人圍拱的貴族青年，才是他真正想煽動的對象。

這位青年名叫沙克，是曼薩特城市長鄧普斯的兒子。

鄧普斯，是一個手腕巧妙，擅長利用金錢結交權勢的人物。他過去是一名商人，藉由收買、利誘、賄賂的方式成為勳爵，逐步爬上市長的地位，接著再反過來用此地位累積財富、為所欲為。

鄧普斯用他的毒素腐化了整個城市的內在，城內的權力者大半都是他的同黨，這名肥胖老人一手建立起來的共犯體系牢不可破，整個曼薩特城幾乎沒有人可以違逆他。惡黨這種形容詞，拿來套用在鄧普斯身上簡直再適合不過。

鄧普斯的惡行自然會招來無數的怨恨，想將他扳倒的人多如繁星，可惜他有一個好兒子，其他人不敢輕舉妄動。

沙克是一名魔法師。

魔力的資質會隨著血脈而流傳，但有時也會產生突變。父母是平民，卻生出具有魔力的子女，這樣的例子並不少見。有魔力者即為貴族，這是傑洛的傳統，因此這些人自然被授與貴族身分。

但是有魔力，並不代表能成為魔法師。

魔力稀薄到完全使不出魔法的貴族，同樣為數眾多。

這種簡直跟凡人沒兩樣的平庸貴族，甚至占據了雷莫整個貴族群體的三分之二。

魔力的多寡取決於元質粒子的支配範圍，元質粒子的支配範圍由魔力領域所決定。那些平庸貴族就是因為魔力領域太小，小到甚至無法讓元質粒子放射出足夠干涉事象的魔力量，所以不能算是魔法師。

正因如此，魔法師才被稱為是貴族中的貴族。

因為沙克的存在，那些憎恨鄧普斯的人們不得不忍氣吞聲。觸怒貴族是一回事，觸怒魔法師又是另一回事，為了扳倒鄧普斯而賠上全部身家性命，這筆帳怎麼算都划不來。

（只要這個人也去的話……）

席格舔了舔嘴唇。

沙克也是個好色成性的傢伙。

不管無名少女是何來歷，身為魔法師的沙克都無須顧忌。這名貴族青年是席格報復計畫中最重要的一環，要是他不行動，其他人就算再會惹事也沒用。

「那麼，大家就去看看吧。席格隊長，這件事就麻煩你安排一下了。」沙克笑著對席格說道。

成了！席格帶著計謀得逞的竊笑，向年輕的魔法師點了點頭。

※◆※◆※◆※

——極為突然的，夢見了過去的事。

如果說小孩與大人之間有什麼不同的話，那或許就是抱持著夢想的時間了吧？

對這個世界毫無懷疑，沒有理由地接受著眼前所見到的一切。認為周遭的一切都接納自己，而自己則是存在於一切的中心。尚未理解這個世界的殘酷，在只能用無知來形容的價值觀裡，單純地懷抱著夢想。

躲藏在父母的羽翼之下，逐漸成長為能夠接受與對待現實的人。那是理想中的、也是一般人所過的人生。在那之間，有被遺忘的夢想，也有被成就的夢想，不過數量最多的，恐怕還是被捨棄的夢想。

在家裡遭逢變故的那一刻，理應庇護著自己的羽翼便折損了。原本對自己展露善意的人，突然間統統消失無蹤。小孩在沒有任何準備的情況下，被迫正視這個世界的另一種面貌。

父親每晚都喝著酒，母親的臉上總是帶著憂鬱的神情。家裡有些東西消失了，當然也不再有新玩具。

就這樣，進入了捨棄夢想的時間。

沒有任何援手。遭逢困境的人並不是自己，既然如此，那就沒有伸手的必要。他人的死活與自己毫不相干，這個道理原本就是理所當然的。善意並不一定會引來善意，會相信這種事情的，只有那些仍有餘裕懷抱夢想的人。

於是，小孩領悟到了何謂現實的殘酷。

期待他人的救贖——世上再也沒有比這個更加愚蠢的事情了。

每個人都背負著屬於自己的痛苦，希望那些已經背負著痛苦的人會反過來拯救自己，本身就是一種錯誤。

依賴不知是否存在的神明，那種事更是愚昧。認為祈求與禱告就能夠實現願望的人，只是將自己投入到另一個更虛幻的夢想。將縹緲的幻象當作支柱，這不過是變相的逃避現實。

失去了許多的東西，也看見了許多的東西。

瞭解到世界的寬廣，也領悟了世界的殘酷。

縱然那只是一小部分而已，但是這樣的程度就已經足以揉碎一切。小孩發現到了，如果自己無法承受，那麼比那一小部分更多、更大的東西，就會將自己徹底壓毀。

已經不是懷抱夢想的時候了，無法接受現實之人，唯一的下場只有滅亡。即使現實再怎麼冷酷，只要用更加冷酷的態度去面對，那就沒有落敗的道理。

沒有抱持夢想的空閒。

捨棄縹緲無跡的東西，然後無畏的迎接即將到來的東西。只要自己還在呼吸，就絕不會再次沉溺於天真的夢想。

毫不回頭地向前進。

帶著這樣的信念，小孩成長為少年。

少年也發誓，今後會永遠懷抱著此一信念走下去。

——然後，慢慢地睜開了眼睛。

莫浩然從床上坐了起來，用略顯睏意的雙眼環視四周。

房裡沒有點燈，綺麗的月光從窗外照進室內，銀中帶藍的光線看起來既聖潔又冰冷。睡在另一張床上的少女同樣沒有睡著，她坐在床上，雙眼盯著莫浩然不放，彷彿從一開始就沒有合眼過似的。

莫浩然重新躺回床上，卻怎麼樣都睡不著。

當初在荒野旅行時，就算躺在堅硬的地面上，莫浩然也可以一覺到天亮，好不容易有床可睡，沒想到反而失眠了。

荒野上隨時都要小心附近是否有怪物出沒，但在城市裡就沒有這種顧忌，處在沒有壓力的環境下，反而容易胡思亂想，剛才的夢就是這樣來的吧？莫浩然一邊自嘲，一邊重新坐起來，然後他背靠床頭，望著窗外的夜空。

「睡不著嗎？」

傑諾突然說話了。

「我？我是精神波，所以根本沒有睡不睡的問題。」

「你不是也一樣？」

「那還真是方便。」

莫浩然一臉無聊地回應之後，便繼續望著夜空。

月亮飽滿得不可思議，像是連靈魂都能予以映出的皎潔。

四個月亮的大小皆不相同，唯一相同的，只有同為無瑕的銀色這點。

「……喂，傑諾。」

「嗯？什麼事？」

「要是我死在這裡的話，你會怎麼辦？」

「幹嘛突然說這種喪氣話？」

「只是剛好想到而已。我死了的話，那就真的死了吧。你呢？」

「當然不會死。寄宿在你腦袋裡面的只是精神波，被摧毀的話，對本體是有影響，但並不致死。」

「可是接下來呢？你是被關起來的吧，那個女魔頭會不會想說乾脆把你殺掉算了？等她知道我們逃走後，會不會直接跑去殺掉你的本體？那我不就白來一趟了？」

「要殺的話早就殺了。」

「所以她有不殺你的理由囉？」

「……有的，但我不想說。」

「說來聽聽，讓大家高興一下嘛。」

「少拿別人的不幸開玩笑啊，混蛋！」

閒聊之後，莫浩然因夢到過去而鬱悶的心情總算好了一點。

凝視月光，莫浩然心中升起一股虛幻的感覺。

四個月亮。

異世界。

魔法師。

受人敬畏的自己。

被怪物與猛獸追逐的日子。

非日常的日常。

回歸之後的未來。

死於異界的終點。

紛亂的念頭宛如海嘯般湧來，然後化為恐懼的洪流，將少年所吞沒。

一瞬間，莫浩然覺得自己無法呼吸。他感覺自己就像是落入蛛網的蟲子，不管怎麼掙扎都是白費力氣。

然後——

「哼！」

他往自己的臉頰用力揍了一拳！

痛楚蓋過了恐懼，那些亂七八糟的念頭也跟著消失無蹤。

「你怎麼了？」傑諾訝異的問道。

「沒事，這是治療失眠的小技巧。」

莫浩然邊說邊躺回床上，然後用被子蒙住頭部。

沒錯，就是這樣。

事到如今，只能先做好眼前可以做的事。

然後——毫不回頭地向前進。

……於是，房裡重新陷入寂靜。

月亮沉默地見證少年的不安與迷惑。

從天際撒落的月光，像是能洗滌一切般的美麗。

※◆※◆※◆※

天才剛亮，莫浩然就從被窩裡爬起來了。

身體已經習慣了太陽一升起就起床趕路的日子，即便住進旅館，還是一時間無法調整過來。

莫浩然進入浴室。

洗手檯上有牙刷與牙粉——造型當然跟地球上的有些不同，但使用方式一樣。用梳子將亂成一團的長髮梳直，然後洗臉。早上的盥洗就這樣結束了，沒有什麼特別需要打理的。

在旅館大廳用完簡單的早餐，莫浩然便出門閒逛。距離跟西格爾約好的時間還很久，莫浩然打算交易一完成就立刻出城，到時又要展開一連串與怪物大玩捉迷藏的驚險旅程，能夠悠閒的時間也只剩現在了。

這次莫浩然沒有讓袋子飄浮跟在自己後面，所以應該沒人看得出他是魔法師才對，然而來往路人的臉上依舊帶有些許敬畏之色。

「為什麼感覺大家好像還是有點怕我？」

莫浩然一邊詢問傑諾，一邊摸了摸自己的臉。應該不是長相的問題吧？難道臉上沾了什麼東西嗎？

「有問題的不是你，是你身後的那個。」

「身後？」

莫浩然轉過頭去，身後只有緊跟著他不放的黑髮少女而已。

「她穿的是軍官專用的大衣。在雷莫，絕大部分的軍官由貴族來擔任，平民最多只能當到士官。大家是把她當成貴族了，所以不敢太靠近。」

「原來如此。」

莫浩然這時想起來，傑諾曾經說過這個國家的貴族擁有很大的權力，只要有正當理由，甚至可以不經審判直接殺人。如此一來，平民當然不敢輕易靠近貴族了，畢竟誰都不想死得不明不白。

「你們這裡的貴族還真夠囂張的，簡直就是無敵嘛。」

莫浩然開始慶幸自己生活在一個無法隨便殺人的世界。

「無敵倒不至於。要是放任貴族亂搞，國家很快就會破敗，所以雷莫設有專門制衡貴族的機制，也就是監察院。」

監察院是舉發與監視各地貴族不法行徑的部門，成員同樣是貴族，但是因為內部派系眾多，反而不會偏袒貴族。對監察院不抱好感的人，常常稱呼他們是「高貴的獵犬」或「目中無人的鬣狗」。監察院與一般貴族互相敵視並不是什麼稀奇的事，或許應該說要是這兩者關係親密，就是政治開始步向墮落之路的前兆了。

經過傑諾的說明，莫浩然對這個世界的社會組織有了進一步認識。

簡單的說，魔力就是一切。

傑洛的權力結構依照魔力的有無與大小，呈現金字塔狀的形式。不僅雷莫，其他三個國家也是同樣情況。魔法師、貴族、平民、奴隸，階級分明，無法輕易逾越。

魔力乃是絕對的界線，一切的政治權力都掌握在貴族手上，這是不可逆的法則。

貴族權力雖大，但也必須負起相對的責任——戰鬥。

傑洛是一個被魔力所支配的世界。

魔力不只影響人類，而是影響一切。

動物、植物、礦物，森羅萬象皆因魔力而改變。在魔力的浸染下，怪物與猛獸不停地出現，牠們擁有匪夷所思的力量，絕非單靠人數或武器就能對付，唯有身懷魔力之人才有資格抵抗牠們。

貴族無法拒絕戰鬥，因為一般人絕不是怪物的對手。沒有魔力的凡人，派得再多也是送死，一旦凡人死絕，貴族不僅會失去統治、剝削、利用的對象與工具，最後還是不得不親自出手對付怪物，一點好處也沒有。

有魔力者守護無魔力者，無魔力者供養有魔力者，這是一種互生關係。

這種互生關係是傑洛的基礎，任何企圖動搖這個基礎的人，都會被毫不留情的碾碎，哪怕是一國之王也一樣。

同時，這種互生關係也是監察院能夠制衡貴族的最大理由。貴族肆無忌憚的惡行會降低凡人的生產能力，削弱全體貴族的收益，讓貴族無法專心戰鬥、守護城市。為了防止這樣的情況，貴族才會允許監察院存在，而不是想辦法將它廢掉，畢竟誰也不希望有人專門找自己麻煩。

「唉，這種政治體系其實是為了對應嚴苛的生存環境而出現的。要是沒有強大的外敵，貴族早就自己殺成一團，搞得天下大亂了吧。」

傑諾用這句話作為最後的結論，這堂異世界社會課也到此告一段落。

傑諾可以直接用意識與莫浩然交談，但莫浩然必須開口說話才能讓傑諾聽見，因此看在旁人眼中，莫浩然就像是神經病一樣不斷自言自語，因此更加避之唯恐不及。

閒聊之餘，與西格爾約好的時間也快到了，於是莫浩然與少女一同前往「黃金角笛」。到了目的地後，只見西格爾站在帳篷外面，神色緊張的左右張望。

「哎呀，客人，您終於來了！」

西格爾一邊將兩人迎進帳篷，一邊低聲說道。他的態度有些不尋常，像是在害怕什麼似的。

「發生什麼事了？你的表情看起來好奇怪。」莫浩然疑惑的問道。

「客人，事情有點不對勁。有人在打聽您的事。」

「打聽我？」

「是啊。今天早上突然有幾個警備隊隊員跑到我攤子上，問小人關於您的事情，還問您什麼時候會再來，小人故意騙他們說是明天。」

莫浩然聞言嚇了一跳。難道逃獄的事情已經曝露了嗎？

「小人已經把東西備齊了，東西都在這裡，麻煩您點收一下。另外，騎獸寄放在養獸場，等一下小人跟您一起去拿。」

西格爾指了指放在帳篷角落的兩個大袋子。莫浩然打開一看，裡面全是自己委託對方採購的東西，清點之後，數量全部正確。接著西格爾主動扛起袋子，說要帶他們去領取騎獸。

「店裡沒人沒關係嗎？」

「請別擔心，隔壁的會幫忙看著。反正今天也沒帶什麼值錢的東西出來賣。」

西格爾就這樣放著帳篷不管，帶莫浩然與少女前往養獸場。

養獸場位於外城的另一側，一行人花了約二十分鐘才抵達。西格爾向員工打了招呼，並拿出購買證明，員工驗證無誤，便牽了一頭騎獸出來。

「客人，這傢伙可是全曼薩特城最好的捷龍，小人可是費了好大的心血才弄到手的。」

西格爾拍了拍騎獸的背，一臉得意的說著。

這頭名為捷龍的騎獸有著長長的頸子與粗壯的四肢，乍看之下有點像蛇頸龍。褐色的身軀、深紅色的鬃毛，最後再加上暗銅色的雙眸，外表看起來有點嚇人。捷龍的背上已經裝了獸鞍，隨時可以騎上去。

就在這時，一旁突然傳來譏笑聲。

「喲——最好的捷龍？我有沒有聽錯啊？」

莫浩然等人轉頭一看，見到了一大群人。

更正確的說，是見到了兩群人。

其中一群人身穿藍色制服，腳穿黑靴，腰間佩劍，數量有十幾人。他們便是曼薩特城警備隊，為首的正是警備隊隊長席格。

另外一群人坐在騎獸上面，用高高在上的眼神看著眾人。這群人的數量較少，只有六個人，個個穿得光鮮亮麗。

西格爾倒吸一口涼氣。

那些坐在騎獸上面的，明顯是貴族。

「原來是席格大人，不知您有何指教？」

西格爾立刻擺出謙卑的低姿態，一邊搓手，一邊恭敬的問著。

席格嘴角上揚，扯起一個看了令人感到不安的笑容。

「指教倒沒有，我只是來抓騙子的。」

「騙、騙子？」

「是啊，騙子。就是那種專門把低級捷龍當高級捷龍在賣的騙子。」

席格說完，後面那群警備隊隊員立刻大聲哄笑。西格爾立刻知道對方是來找碴的了。

「大人，您真是的。這只是我們這種小商人常講的玩笑話，您可千萬別當真啊！」

「玩笑？嘿嘿，每個騙子被人逮到，都說自己只是開玩笑。可是我一點都不覺得好笑。」

「哎呀，大人，您也知道幹我們這一行的，說話有時不免誇張了一點，小人知錯了，今後一定會改、一定會改。大人是出來巡邏的嗎？真是辛苦了。恰好今晚小人想在薩莫酒館辦個小酒宴，不知能否有幸請大人與後面的弟兄們喝一杯？」

西格爾的笑容益發燦爛。該死，看來這筆錢是花定了！他心想。

「幹什麼，想賄賂我嗎？」

席格突然扳起臉孔厲聲大喊。

「咦？不、不是的！您誤會了！小人是看今天天氣那麼熱，各位又那麼辛苦，所以才——」

「廢話！你這奸猾的旅行商人，心裡在想什麼我會不知道？把他抓起來，帶回去嚴加審問！」

「請、請等一下！請聽我解釋啊——！」

席格身後的警備隊隊員立刻一湧而上，將西格爾牢牢抓住。

這位年輕的旅行商人嚇呆了，他完全沒有想到事情竟然會變成這個樣子。這個席格隊長瘋了嗎？送錢給他還不要？難、難道他想栽贓罪名，把自己的財產全部吞了？這也太狠了！

「沒什麼好解釋的！像你這種人我見多了，不論你在本城幹過多少壞事，我都會一一查出來。」席格露出凶狠的獰笑。

席格確實想把西格爾整死。只不過是一個小小的旅行商人而已，竟敢跟自己玩花樣，騙說這兩個女人明天才來？還好有另外派人盯住他，否則自己的計畫不就落空了。

「這頭捷龍也是證物，一起帶走！另外，這位長官，很抱歉，麻煩您跟我們一起回去協助調查。放心，您不會有事，只是想請您當個證人而已。」

席格對黑髮少女說道，他的笑容謙恭誠懇。

就在這時，後面那群貴族青年也說話了。

「沒錯，小姐，這只是簡單的例行程序，不會浪費妳太多時間。」

「我們有朋友也被這個奸商騙了，請務必協助我們將這個小人繩之以法。」

貴族青年們的態度很明顯，就是希望少女配合調查，跟他們走一遭。

這正是席格與貴族青年所準備的陷阱。

黑髮少女是軍官，自然也是貴族，席格的請求她大可不理會，但若是來自同為貴族的要求，少女再怎麼目中無人，也無法輕易推託。

只要少女答應跟他們一起走，想離開就沒那麼容易了，這些貴族青年會用各種藉口將其監禁，然後玩弄與凌辱少女。屆時，席格的復仇劇也將拉下華麗的終幕。

「就是這樣。長官，麻煩您了，這邊請。」

席格暗自壓抑計謀即將得逞的興奮，笑著對少女如此說道。

「等一下！」

這時，一道突如其來的聲音喝止了席格。

出聲的人正是莫浩然。

當西格爾與席格交涉的時候，傑諾的聲音也在莫浩然腦中響起。

「事情不妙，你必須出面了。」

莫浩然也看出情況很不對勁。根據他以前在酒店打工的所見所聞，那位席格隊長明顯是想勒索西格爾。要是西格爾情急之下，把自己賣魔彈的事情講出來，自己的身分就會跟著曝光。

但是要他出面？怎麼做？

「擺出目中無人的態度就行了。」

傑諾的指點聽起來有跟沒有一樣。

無奈之下，莫浩然只好硬著頭皮上場，於是才有了現在這一幕。

莫浩然一喊，所有人都停了下來，然後用不可思議的眼神看著他。

「等一下？妳敢命令我？你以為妳是誰啊！」

席格立刻露出猙獰的臉孔，對莫浩然放聲大吼。

如果是那位少女軍官出聲就算了，區區一介雜兵也敢指責他這個警備隊隊長？開什麼玩笑！

席格的嗓門與氣勢足以讓一般人嚇破膽，不過莫浩然可是曾在黑道酒店打工過的人，類似的場面早就見了不知多少次。他模仿蛇哥準備幹架前的模樣，微抬下巴，露出蔑視的眼神。

「你問我是誰？我還想問你是誰呢，雜碎！我在這邊買東西，你跑出來囉嗦什麼？他媽的欠揍啊你！」

席格震驚了。

不，不只是席格。其他的警備隊隊員，還有那些貴族，也同樣震驚得說不出話來。

這種無禮的態度是怎麼回事？這種不遜的口氣是怎麼回事？這種粗魯的用詞是怎麼回事？這種囂張的說法是怎麼回事？

一般在這種場合，不是應該把自己的靠山搬出來嗎？旁邊那位少女軍官的地位比妳高吧？妳至少該說「我們長官在買東西」，而不是「我在這邊買東西」吧？妳到底有沒有把自己的長官放在眼裡啊！

席格的呆愣只維持了一秒鐘不到，接著他勃然大怒。

「妳找死！」

席格舉起右拳，準備讓眼前這個不知死法的小雜兵品嘗一下自己的憤怒。

就在這時，空氣突然一凝。

傑諾張開了魔力領域。

周遭的元質粒子開始騷動，連帶影響了領域內所有人的身體與精神。

「靈、靈威……魔、魔、魔、魔法師……！」

席格的怒火頓時消失無蹤。他的氣勢像是被風吹跑了一樣，表情滿是驚恐。其他警備隊隊員也瑟瑟發抖，有人甚至當場癱倒在地。那些貴族青年的表現稍微好一點，但同樣神色不安，只有最前面那位貴族青年表現得比較鎮定。

這名青年正是沙克。

在場眾人之中，只有同為魔法師的他，才有資格與莫浩然進行對等的談話。

「沒想到竟然會在這裡遇見同伴。」

沙克邊說邊跳下騎獸，以示對莫浩然的尊重。

「以無所不在的至高魔力向您致意。在下是曼薩特城市長鄧普斯之子沙克，魔法師，二等勛爵。請問您的芳名是？」

「你管我是誰，把人放了，立刻給我滾！」

莫浩然此言一出，不僅是沙克，所有人的臉色都變了。

根據貴族的禮儀，當一方自報家門時，對方也必須報出自己的來歷。就算不想回答，也必須用婉轉的說詞來拒絕。

像莫浩然這種說話方式，已經等同宣戰。

沙克怎麼也想不到對方的反應竟會如此激烈。自己這邊明明什麼都還沒做啊！

「妳——」

「妳什麼妳，識相的就快滾！我管你老爸是誰，那種小人物聽都沒聽過。我很忙，沒空在這邊跟你浪費時間！」

莫浩然將昔日黑道老闆的囂張姿態模仿得唯妙唯肖，不論是眼神、態度或口氣，完全就是流氓的翻版。

「無禮者！」

沙克終於忍不住大吼。

他在曼薩特城可是如同明星一般的人物，平時誰見到他不是恭恭敬敬的？現在竟然被一個來路不明的傢伙辱罵，這叫他如何能忍？四周還有人在看著呢！要是不表現得強硬一點，明天貴族圈就會開始流傳自己怯懦怕事的流言了！

「像妳這種不懂禮儀的粗俗之輩，根本不配被稱為魔法師！如果只是侮辱在下就算了，但妳竟然辱及我的父親，在下絕不能容忍！以無所不在的至高魔力起誓，此仇不死不休！我，沙克，在此向妳提出決鬥！」

「——決鬥？」

這次換莫浩然愣住了，他沒想到事情竟然會變成這樣。

「沒錯，決鬥！艾里克、伯約、蒙夏、奇列菲，還有巴特，請你們五人做見證。」

雷莫法律規定，貴族之間的決鬥需要兩名以上的貴族做見證，無人見證的私鬥與謀殺同罪。與沙克同來的五名貴族青年先是面面相覷，然後大聲回答。

「好！我們願意做這場決鬥的見證人！」

「沒錯！沙克，好好教訓這個辱沒了貴族顏面的無禮之徒！」

「就是這樣！」

沙克回頭看向莫浩然，見到對方發愣的樣子，知道自己的氣勢已經嚇住對方。

「提出決鬥的是我，時間與地點就由妳決定。說吧！何時？何地？」

「我——」

正當莫浩然不知該怎麼回答時，傑諾的聲音在腦中響起。

「真服了你，竟然可以把場面搞成這樣子，你可真是惹事的天才。」

「臥槽，我怎麼知道事情會變這樣！」

「哎，算了，你就這麼回答他——」

莫浩然與傑諾的對話只有他們自己聽得見，在第三者眼中，莫浩然就像是在自言自語一樣。沙克見狀，判斷對方一定是怕了。

（看來這傢伙是剛晉升的流星貴族，不會錯的！）

流星貴族，又被稱為一代貴族，指的是雙親雖為凡人，本身卻擁有魔力，因此被授予貴族位階的特殊案例。這些人的魔力天賦屬於突變情況，無法透過血脈向下流傳，其地位就像流星般一閃即逝，所以叫流星貴族。

因為是平民出生，所以不懂禮儀、缺乏教養，常常鬧出許多笑話，這些特徵正好符合莫浩然剛才的表現。

沙克也算是流星貴族，他的父母都是沒有魔力的凡人。在一般貴族眼中，流星貴族算不了什麼，但能夠成為魔法師的流星貴族又是另一回事。無論是否一代就終結，魔法師的崇高地位不會因此有所改變。

一想到莫浩然跟自己是同類，沙克不但沒有產生相惜之情，反而更加不爽。

沙克為了讓自己看起來更像正式貴族，不斷鑽研揣摩貴族應有的風度與修養，但眼前這個白髮少女卻仗著偶然擁有的魔力，表現得如此狂妄自大，這簡直就像是在嘲笑自己的努力一樣。

就在沙克準備進一步嘲笑對方膽小的時候，莫浩然說話了。

「——就在這裡，現在。」

「什……麼？」

「我說，要決鬥就現在決鬥，直接在這裡決鬥，不用另外約時間了。」

「妳……當真？」

沙克呆了一下。

見到莫浩然篤定的點頭，沙克不由得懷疑對方究竟哪來的自信。

新晉升的魔法師最大的缺點，就是戰鬥技巧生澀。由於沒有經過專業訓練，這些人的操魔技術並不成熟，無法靈活運用魔法。沙克也是晉升魔法師後的第五年才學會並熟練所有基礎魔法，眼前的白髮少女年紀太輕，根本不可能學到多高深的操魔技術。

至於魔力領域，根據靈威來判斷，莫浩然的領域半徑約八公尺。以一個新晉魔法師而言，成績還算不錯，但自己的領域半徑可是有十一公尺。領域的大小決定了魔力的多寡，魔力的注入程度則決定了魔法的威力強弱。領域越大，戰鬥時就越有利，這是不變的定律。

不論從哪個角度來看，沙克都沒有輸的理由。

（……原來如此，我懂了！）

沙克自認看穿了對方的心思。白髮少女要嘛就是想唬住他，要嘛就是沒跟其他魔法師動手過。

「好！我們就在這裡決鬥。」

沙克邊說邊從口袋裡掏出一枚銀夸爾，然後扔給一旁的貴族同伴。

「規矩妳知道吧？見證人把硬幣向上拋，硬幣落地的那一刻，就是決鬥開始的信號。一旦拋出硬幣，事情就無法挽回了，妳現在道歉還來得及。」

「吵死了，要打就打，不打就滾，少在那邊囉嗦。」

「妳──好、很好，今天我就讓妳知道世界有多大！順便為雷莫的貴族圈除掉一個下流的敗類。艾里克，拋硬幣吧！」

「我、我知道了！」

名叫艾里克的貴族青年聲音顫抖的回答。他還是頭一次充當魔法師決鬥的見證人，既緊張又興奮。

眾人全都躲得遠遠的。西格爾、席格、警備隊隊員、貴族青年、養獸場的人，還有剛好路過的民眾，全都躲在遠處圍觀。要是被捲進魔法師的決鬥，就算死了也只能怪自己運氣不好。

「我抛了！」

艾里克的右手向上一揮。

銀色的硬幣朝天空奔去，接著很快就失去了上升的動力。

然後——

銀幣落地。

銀幣落地的聲音並不大。

但對於屏息以待、集中精神的眾人而言，如此聲響已經足夠。

沙克一聽到聲音，立刻將自己的魔力領域張到最大。他打算先讓這個不知死活的白髮少女見識一下彼此間的實力差距，一旦察覺自己的魔力領域不如人，他相信白髮少女鐵定會慌張得不知如何是好。到時只要自己再用凌厲又不失風度的手段擊敗她，就能為自己搏得更高的名聲。

然後——

「不可能！」

——驚慌的人變成了沙克。

莫浩然同樣張開了魔力領域。

更正確的說——是寄宿於莫浩然腦中的傑諾張開了魔力領域。

領域半徑是五十公尺。

「男、男爵級——？」

沙克完全嚇到了。

莫浩然的魔力領域之大，竟然已經達到足以被授予正式爵位的程度。這怎麼可能？這怎麼可能！

沙克在感到難以置信之餘，立刻決定改變戰鬥方針。魔力量差太多了，硬碰硬的話，根本不可能獲勝。事到如今，他只能想辦法跟對方慢慢周旋。對方年紀太小，自己的操魔技術理應勝過她，說不定有打平的機會。

沙克也是上過戰場，與許多怪物廝殺過的魔法師，一見情勢不利，便迅速想出對應的辦法。

然而接下來所發生的事，卻讓他感到無比絕望。

「這——」

沙克眼前出現了數不清的光球。

「怎麼會——！」

那些光球全是魔力彈。

原本傑諾是叫莫浩然隨便射個兩發穿弓之型嚇嚇對方，然後再說點場面話，讓兩邊都有下臺的餘地，好結束這場決鬥。

但莫浩然知道自己的穿弓之型根本瞄不準，就算叫他隨便射兩發，要是偏得太離譜，反而會讓對方知道自己操魔技術不佳的弱點。於是他靈機一動，索性以量取勝，直接凝結了二十多顆魔力彈。

「去吧！萬劍訣！」

莫浩然喊出某款遊戲裡面的知名絕技，然後將魔力彈全數轟向對方。

於是，豪光炸裂！

大地轟鳴，空氣震動。魔力的風暴吹垮了四周房屋，飛揚的塵沙化為灰色漩渦，將一切吞沒殆盡。圍觀的人們雖然早已躲遠，但還是被吹倒在地、被飛濺的石塊所砸傷。

等到煙塵好不容易平息之後，眾人終於得以見到戰場的情況。

白髮少女依然站在原地。

但沙克不見了。

沙克原先所站的地方，變成了一個又一個的大坑。

沙克——就這樣被轟成灰燼。

所有人都說不出話來，其中包括了莫浩然。

「白痴！我不是叫你隨便射個兩發就好？你幹嘛射這麼多！」

傑諾大吼，將莫浩然從愕然中喚醒。

「那、那個……我想說反正打不中……所以多射一點……」

「笨蛋！灌注的魔力量不一樣，法術威力也會不同啦！」

在荒野旅行時，傑諾幫莫浩然張開的魔力領域頂多十公尺，穿弓之型的威力自然有限。這次為了嚇倒沙克，傑諾一口氣將領域擴大到五十公尺之多，穿弓之型的破壞範圍也跟著增幅了十幾倍，就算莫浩然真的射不中，破壞的餘波也足以傷到沙克。

沒想到莫浩然臨時變招，反而讓沙克逃都逃不掉，就這樣被轟成飛灰。

「臥槽！你幹嘛不早說！」

「我怎麼知道你會自作聰明！我都已經把你的笨拙也計算在內了，你還可以給我搞成這樣！看來下次我得把你的愚蠢也納入計算才行！」

「那種事以後再說，現在該怎麼辦？」

「還能怎麼辦？拿了東西直接閃人啦！記得，要冷靜點！」

「哦、哦！」

於是莫浩然裝出一副若無其事的樣子，轉身走向眾人。

不論是警備隊隊員或貴族青年，此時個個全都癱坐在地。眼前這一幕對他們的衝擊實在是太大了，不可一世的沙克就這樣死了，甚至連屍體都沒留下來。就算弒親之仇也不過如此了吧？眼前這名白髮少女，絕對是一名性格殘暴、狠毒冷酷的魔法師！

見到莫浩然走來，眾人不禁渾身發抖。

莫浩然沒有理會他們，而是走到雙腿打顫的西格爾面前，用聽起來很冷酷的聲音開口說道——

「東西拿著，走吧。」

「啊……啊？」

「啊什麼，把我買的東西拿給我呀。」

「哦……哦哦！是、是是！您、您買的東西！我知道！我知道了——！」

西格爾總算驚醒過來，然後連滾帶爬的跑向一旁的警備隊隊員，從他們手中奪回被搶走的袋子與捷龍。

「這這這是是您的東東東西西西！」

因為太過緊張，西格爾連話都說不清楚了。

「嗯。拿去，這是你的。」

莫浩然從腰後的包包裡面拿出一個小袋子，然後把它拋向西格爾。袋裡裝的，正是事先答應好的閃爆魔彈，西格爾接過袋子，當場跪了下來。

在傑諾的指導下，莫浩然騎上捷龍。

一旁的少女見狀，先是歪頭想了一下，接著也一起跳上捷龍，坐在莫浩然的後面。莫浩然嚇了一跳，他本來打算說些什麼，後來想想還是算了。

然後，莫浩然以腳輕踢捷龍側腹。捷龍乖順的向前輕跑。

就這樣，莫浩然與少女的身影逐漸消失於眾人的視野之中。

※◆※◆※◆※

雷莫曆一四〇六年，升春之月十七日。

在這一天，位於雷莫西南一隅的曼薩特城發生了一樁決鬥事件。決鬥雙方皆為魔法師，一方是曼薩特城市長鄧普斯之子，二等勛爵沙克；另一方姓名不詳。沙克戰死，無名的魔法師隨後便離開了曼薩特城。

就在沙克戰死的當天下午，曼薩特城收到了一級通緝公告。

通緝的對象，名叫桃樂絲。

《打工勇者01》完

後記

這幾年，以穿越為主題的小說越來越多了。

身為一個隨時關注時事與流行脈動的作者，對於這股「平生不當穿越男，便稱主角也枉然」的風氣深感興趣，於是我因應不思議工作室的邀請，寫出了這麼樣一部的穿越作品。

事實上，《打工勇者》的構想早在二〇〇七年就已經成形，甚至在某個現今已形同倒閉的出版社網站上連載，但後來由於諸多理由，本書開始沉眠於電腦硬碟的最深處，直到現在才能重見天日。在此特別感謝不思議工作室，給予這部作品問世的機會。

老讀者看完本書之後，或許會抱怨我怎麼又寫了一個性別不明的主角了吧？其他諸如「就只會玩這種梗」啦、「靈感枯歇沒有新點子」啦、「該不會是作者的個人興趣」啦、「作者性向非常可疑」啦之類的質問，恐怕也會一個接一個的冒出來。

哼……看來我必須先做個澄清才行（大反派開始說明陰謀的語氣）。

首先，請先回顧一下我過去的作品裡，那些看似有著偽娘資質的主角吧！

《幻想異聞錄》的修．坎特．葛羅西亞：毫無疑問，他是個男的，只是長得很漂亮而已。

《魔法戰騎浪漫譚》的柳仙斗：毫無疑問，他也是男的，只是別人會把他當成女的而已。

《打工勇者》的莫浩然：毫無疑問，他已經不算是男的了。

如何，看出來了嗎？

沒錯，雖然同樣是偽娘，但在本質上卻有顯著的不同。我所探究的，是各式各樣的偽娘之道！就像同樣是巧克力，也有牛奶草莓抹茶檸檬蒜味香辣之分一樣，偽娘也可以有不同的表述！另外！如果真有蒜味與香辣口味的巧克力請務必分給我吃！

……咳，抱歉，似乎離題了。

總之，《打工勇者》總算問世了，希望對本書有疑慮的讀者，能夠耐心看下去。我會努力創造出一個符合邏輯卻又充滿新奇的異世界，讓大家不會後悔掏錢買下這本書的。

希望下一集的後記還能再見到你們。

天罪　二〇一五年五月

羊角系列 001

打工勇者 01

出版者■典藏閣
作　者■天罪　繪　者■夜風
總編輯■歐綾纖
製作團隊■不思議工作室
郵撥帳號■50017206 采舍國際有限公司（郵撥購買，請另付一成郵資）
台灣出版中心■新北市中和區中山路 2 段 366 巷 10 號 10 樓
電　話■(02) 2248-7896　傳　真■(02) 2248-7758
物流中心■新北市中和區中山路 2 段 366 巷 10 號 3 樓
電　話■(02) 8245-8786　傳　真■(02) 8245-8718
ISBN■978-986-271-614-4
出版日期■2015 年 7 月

全球華文國際市場總代理／采舍國際
地　址■新北市中和區中山路 2 段 366 巷 10 號 3 樓
電　話■(02) 8245-8786　傳　真■(02) 8245-8718

新絲路網路書店
地　址■新北市中和區中山路 2 段 366 巷 10 號 10 樓
網　址■www.silkbook.com
電　話■(02) 8245-9896
傳　真■(02) 8245-8819

☞您在什麼地方購買本書？☜

1. 便利商店（________市／縣）：☐7-11 ☐全家 ☐萊爾富 ☐其他________

2. 網路書店：☐新絲路 ☐博客來 ☐金石堂 ☐其他________

3. 書店（________市／縣）：☐金石堂 ☐蛙蛙書店 ☐安利美特animate ☐其他____

姓名：________地址：________

聯絡電話：________ 電子郵箱：________

您的性別：☐男 ☐女 您的生日：西元________年________月________日

（請務必填妥基本資料，以利贈品寄送）

您的職業：☐上班族 ☐學生 ☐服務業 ☐軍警公教 ☐資訊業 ☐娛樂相關產業 ☐自由業 ☐其他________

您的學歷：☐高中（含高中以下） ☐專科、大學 ☐研究所以上

☞購買前☜

您從何處得知本書：☐逛書店 ☐網路廣告（網站：________） ☐親友介紹
（可複選） ☐出版書訊 ☐銷售人員推薦 ☐其他________

本書吸引您的原因：☐書名很好 ☐封面精美 ☐書腰文字 ☐封底文字 ☐欣賞作家
（可複選） ☐喜歡畫家 ☐價格合理 ☐題材有趣 ☐廣告印象深刻 ☐其他________

☞購買後☜

您滿意的部份：☐書名 ☐封面 ☐故事內容 ☐版面編排 ☐價格 ☐贈品
（可複選） ☐其他

不滿意的部份：☐書名 ☐封面 ☐故事內容 ☐版面編排 ☐價格 ☐贈品
（可複選） ☐其他

您對本書以及典藏閣的建議________

____

____

✌未來您是否願意收到相關書訊？☐是 ☐否

✍感謝您寶貴的意見✍

印刷品

$3,5
請貼
3.5元
郵票
不思議信箱
FUSIGI POST

235 新北市中和區中山路二段366巷10號10樓

華文網出版集團　收

（典藏閣－不思議工作室）

打工勇者

天罪 NOVEL
ILLUST 夜風